Elisa Prati

Lo zoo di plastica

GIUNTI Junior

A chi ama gli elefanti

PARTE PRIMA

Capitolo 1

CHE COSA TI SUCCEDE, FRITZ?

Le nove passate di un sabato mattina. Mi affaccio dalla porta della mia camera, ancora barcollante di sonno, e vedo il gatto Fritz disteso a terra, la testa rovesciata all'indietro.

Mi avvicino.

Fritz pare una specie di tappeto, una cosa pelosa senza vita.

Caccio un urlo.

Il mio meraviglioso gatto non si volta neppure.

Immagino il peggio.

«Fritz! Fritz!» afferro l'adorato muso tra le mani. I suoi occhi sono velati, la testa pende di lato. «Mamma corri! Maaaaammaaaaa!»

«Perché urli?» ci osserva imbronciata affacciandosi sulla porta della sua camera. «Che ha il tuo gatto? Lascia vedere» si china su Fritz. «Dobbiamo portarlo subito in ambulatorio».

«Quale ambulatorio?»

«Da Diego...»

«Quale Diego?»

«Il mio amico veterinario».

«Il dottore dei gatti?»

«E dei cani, delle mucche e dei cavalli. Dai, andiamo!»

Mamma indossa il cappotto sul pigiama, prende dal ripostiglio la gabbietta porta-gatto e gli stivali, che infila senza calze.

La guardo sbigottita. Non l'ho mai vista prendere una decisione e agire così in fretta.

Evidente che le sta a cuore il gatto Fritz.

Per capire perché mi sorprenda tanto, due parole su mia madre Amalia, detta Lia, una che vive nel suo mondo, immersa nei suoi pensieri, una che di mestiere è astrofisico. Nessuno s'immagina quanto sia dura la vita con un astrofisico.

Tanto per cominciare porterò per sempre questo fantastico nome: Luna.

Forte, certo, fa la sua figura, ma non è come chiamarsi Giulia, Anna, Valentina. Non sto a elencare i soprannomi collezionati in undici anni: "Mezzaluna", "Luna piena", "Lunatica"... E questo, in ogni caso, è solo l'ultimo dei miei problemi.

Veniamo al dunque.

Le mie amiche hanno madri che preparano due o tre pasti caldi al giorno, la sera sistemano vicino al letto vestiti lavati e stirati; mamme che tengono la casa in ordine, fanno le pulizie, la spesa. Mamme che non sono Lia.

La informo che ho fame, ad esempio, e lei mi fa sapere che è terribilmente in ansia per via di una supernova senza nome, che sta variando il campo magnetico sul braccio esterno di una galassia a due milioni di anni luce dalla nostra.

Forte, ma io ho fame.

Le chiedo dove sia finita la mia felpa rossa, ed ecco che la trovo in lavatrice con il resto del bucato dimenticato da giorni, verdognola e grigia, profumata di gorgonzola. Gliela mostro schifata.

«Va rifatto un ciclo a temperatura, per uccidere i batteri» spiega lei osservandola perplessa.

Dopo il primo giro di oblò a novanta gradi, la felpa è rosa pallido e, una volta finito il programma, è solo da buttare.

«Mamma, non ti sei accorta che hai perso una lente degli occhiali?» le ho fatto notare ieri mattina.

«Davvero?» se ne è uscita con una delle sue assurdità. «Ecco risolto il mistero... Credevo di avere acquistato lo sguardo obliquo degli oracoli».

«Mamma, i tuoi capelli sono un disastro, hai la ricrescita».

«Mamma quello è il mio *frisbee*, il tuo cappello è questo. Mamma...»

Senza contare quando inciampa e cade a terra. Può farlo su tutto, Fritz compreso, che la evita come la peste.

"Astratta e distratta", ecco come si è definita da sola.

Dicono sia un bravissimo astrofisico, ha scritto libri che parlano di una speciale teoria, il "respiro cosmico". Ha provato a spiegarmela: secondo lei l'universo inspira ed espira come un polmone.

Brava, brava, certo, solo che distoglierla dai suoi pensieri è impresa durissima.

A volte mi domando se non mi abbia messo al mondo perché aveva bisogno di una baby-sitter. Con tutto che l'adulta è lei, la macchina la guida lei, lo stipendio (alto, non posso lamentarmi) lo prende lei, io mi sento la sua baby-sitter.

Capirete allora perché mi stupisca tanto la reazione pronta alla faccenda del gatto Fritz.

«Luna? Che hai da guardare? Andiamo!»

«Arrivo!»

La studio mentre è alla guida: spettinata, i capelli mezzi grigi, il pigiama sotto il cappotto e gli stivali di camoscio chiari.

La solita svampita di madre.

Ma una cosa nuova c'è: vuole bene al gatto Fritz. Pare improvvisamente più umana, più "normale", più mamma.

Io e lei siamo molto unite, per non dire che siamo un po' sole, infatti non abbiamo altri parenti. Tutti e quattro i miei nonni sono morti prima che nascessi, mentre il mio papà, che di mestiere faceva l'antropologo e studiava i popoli rari, è stato catturato durante un viaggio in Nuova Zelanda da una tribù di nativi. Di lui non si è saputo più niente.

Quando è successa questa cosa che, solo a dirla, pare una completa stupidaggine, avevo otto mesi e non ricordo nulla di lui.

Ho cercato a lungo delle foto... mamma le ha fatte sparire.

Chiaro che non le importa di mostrarmi un'immagine di questo fantomatico padre.

In classe ci sono altre bambine che, come me, vivono con la loro mamma, ma ogni tanto hanno un papà nuovo, bello, fresco e pronto all'uso, a volte uno per stagione.

Io no.

Certo Lia è una tipa particolare, "astratta e distratta", ma non posso credere che al mondo non esista neppure un uomo adatto a lei.

Non è brutta, ha solo un po' di nasone, è magrolina...

È la mia mamma, cavoli.

Deve essere stata molto innamorata di papà, penso a volte, forse spera ancora che torni e che riesca a fuggire dai nativi. Di sicuro lui è un tipo tosto. Altrimenti a chi assomiglierei? Mamma è piccola, magrolina, pare una bambina, io invece sono alta e robusta, per niente astratta, per niente distratta.

In ogni caso, una quantità di cose continuano a sfuggirmi, e spesso sento di vivere accanto a un enigma astrofisico di nome Lia.

«Luna, sei mai stata da un veterinario?»

«No. Non sono mai stata un gatto, un cane o un cavallo malato».

«E neppure una mucca, immagino».

«Esatto. Sono un vero essere umano di undici anni. Quando mi ammalo vado dal medico».

«Sai che sei una ragazzina simpatica, ma un po' sciocca?»

«Sì».

«E sai che hai una mamma simpatica e a volte un po' sciocca?»

«Sì».

«E questa mamma ti ha mai detto che ha un amico veterinario? Un caro, vecchio amico veterinario?»

«No, mai».

«Che mamma sciocca!»

«Molto» concludo.

«Curiosa coincidenza...» prosegue. «È un bel po' di tempo che penso a Diego, desidero molto presentartelo... Ed ecco che arriva il momento di andare a cercarlo proprio nel suo ambulatorio, dove da sempre so che posso trovarlo, ma non sono mai stata... Buffo, eh?»

«Buffo» sospiro.

Un vecchio amico... come no! Mamma ha una storia con un veterinario e io non ne sapevo niente. Lei che pare sempre con la testa tra le nuvole.

Rifletto se ho notato movimenti sospetti, lei

che esce vestita un po' meglio, magari pettinata, tracce di presenze estranee al mio ritorno dai fine settimana con Vanessa.

È stata brava a nascondere la sua tresca con il veterinario. Se Fritz non fosse stato male, non l'avrei mai scoperta.

«Potevi dirmelo!»

«Che cosa?»

«Che hai una storia con un veterinario» rispondo a botta guardando fuori dal finestrino.

«Ma allora sei fissata! Devi trovarmi proprio attraente, ed è un bene,» si guarda nello specchietto retrovisore e andiamo quasi a sbattere «ma non ho una storia con Diego. Siamo vecchi amici, ci conosciamo da una vita. Più di una vita: due vite...».

«Esagerata!»

Tiro un sospiro di sollievo, l'idea di un uomo tra me e lei mi terrorizza.

«Eravamo in classe insieme alle scuole elementari. È un tempo abbastanza lungo a tuo parere?»

«Questo tuo Diego saprà curarlo il mio Fritz?» domando per cambiare discorso.

«Ti puoi fidare».

Capitolo 2

NELL'AMBULATORIO DI DIEGO

Come detto, non ero mai stata nell'ambulatorio di un veterinario. Non avevo mai visto tante persone in una sala d'aspetto con le gabbiette dei gatti.

«Ma lo sa che il mio Gigino mangia insieme a me? Tre volte al giorno, sempre alle stesse ore» racconta una vecchietta.

«Da non crederci. Il mio invece fa come gli pare» le rispondono.

«Oh, bisogna dare una regola anche ai gatti, sa? Altrimenti non si sa più chi fa da padrone» puntualizza un terzo.

«Se è per questo, il padrone è lui» confessa la nonnetta (che deve avere almeno cento anni) indicando il gomitolo peloso nella gabbia. «Gli ho intestato la mia casa, nel caso dovesse sopravvivermi. Vedete quanto è bello? Perché ti sei ammalato, Gigino?»

E via così. Dopo dieci minuti io e mamma siamo già sazie di chiacchiere da "gattare". Noi abbiamo Fritz da tre anni, ma non siamo fanatiche dei gatti.

È il nostro Fritz e punto.

«Mamma, qui ci schiacciamo mezzogiorno» dico. «E poi guarda: sta peggio» alzo la gabbia mostrando il gatto sempre più assente.

«Hai ragione. Anche qua varrà la regola del Pronto Soccorso, i casi più gravi devono passare prima».

In quel momento la porta dell'ambulatorio si apre e ne esce un bambino, seguito da un cane alto come lui e da una signora molto elegante. I tre fanno la passerella e si sente un gran soffiare: i gatti sono tutti incurvati nelle loro piccole prigioni, con il pelo ritto.

Tutti tranne Fritz.

«Mamma? Che facciamo?» vedo la porta dell'ambulatorio richiudersi.

«Come?» chiede lei.

Mi domando se è ripartita verso una delle sue galassie inspiranti ed espiranti. Ma ecco che invece si alza.

«Seguimi» bussa alla porta dell'ambulatorio.

Una ragazza si affaccia e ci chiede di aspettare il nostro turno.

«Senti cara, il gatto Fritz è grave, non possiamo aspettare. Mi fai parlare con il dottore? Digli che c'è Lia e che è un'emergenza...»

La ragazza sparisce e dopo un attimo riappare. «Il dottore si sbriga in cinque minuti» annuncia.

Io e mamma facciamo per tornare nella sala d'aspetto, ma poi ci accorgiamo degli sguardi truci delle nonnette.

«Povero Fritz! Povero Fritz! Mamma guardalo, è mezzo morto, povero Fritz!»

Che sia chiaro a tutti che abbiamo le nostre buone ragioni per passare avanti. Del resto si vede benissimo: Fritz sta male. Non ha neppure soffiato al cane.

Non immaginavo che anche il veterinario portasse il camice bianco. È questo il mio primo pensiero davanti a Diego, un uomo sui trentasette anni (più o meno l'età di mamma), alto, piazzato, moro e riccioluto, con la faccia di un attore da fiction nel ruolo dell'eroico medico del Pronto Soccorso.

«Lia!!! Che sorpresa...» sembra davvero colpito di vedere mamma. E anche felice.

«Ciao Diego. È un bel po' di tempo... Scusami, non mi sono mai fatta viva, sai come vanno le cose, la vita, il lavoro... la testa sempre altrove».

«Cara, lo so» fa Diego stringendo stretta la mia mamma che, gracilina com'è, scricchiola tra le sue braccia come un sacchetto di patatine.

Una scena impressionante. Rimango a osservare, in mano la gabbia con Fritz.

Ma ecco che si ricordano di noi.

«Diego, questi sono Luna e Fritz» dice mamma.

Il dottore si avvicina: «Piacere di conoscere

l'affascinante Luna-figlia-di-Lia» mi studia con lo sguardo da marpione. «E il suo gatto che, dall'aspetto, non sta un gran che bene».

Prende la gabbia e l'appoggia sul tavolo di metallo. Apre la porticina e trascina fuori il povero Fritz, inerme e tremante. Gli spalanca la bocca con le mani ed esplora la gola con una penna luminosa.

«Eccoci, ci risiamo. Avvelenamento. Un altro».

«Avvelenato?» chiediamo in coro io e mamma.

«Sì, è il quarto caso in pochi giorni. E dire che i gatti sanno quasi sempre che cosa devono mangiare per istinto...»

«Si salverà?» chiedo in ansia.

«Sì, se lo aiutiamo subito a liberarsi dal veleno. Gli va fatta bere acqua calda e indotto il vomito. Tu, Luna, sei impressionabile o forte?»

«In che senso?» la sua domanda mi spiazza.

«Se ti fa impressione assistere, è meglio che aspetti fuori dall'ambulatorio» spiega Diego.

«Sono forte!» dico decisa.

«Bene, procediamo».

Mamma si accomoda su un panchetto, lo sguardo che vaga sopra gli scaffali dell'ambulatorio. Io invece osservo Diego e la sua assistente, che preparano una siringona senz'ago con l'acqua tiepida.

L'hanno appena svuotata nella gola di Fritz, che il poverino si alza a fatica sulle gambe in preda alle convulsioni. In meno di un minuto rigetta tutto quel che ha nello stomaco, veleno compreso, almeno si spera.

L'assistente ripulisce con segatura e alcool il piano del tavolo, mentre Diego accarezza il gatto sulla pancia e cerca di calmarlo: «Buono questo micino, buooono».

Poi preparano un'altra siringa, questa volta con l'ago. Decido che mi fido, sia quel che sia.

Ha ragione la mamma: Fritz è in buone mani.

Intanto mi guardo intorno. "Deve essere un bel lavoro, quello del veterinario" rifletto. L'occhio mi cade sulla mamma, che sta osservando un punto nella stanza. Seguo la direzione del suo sguardo e... ecco che li vedo.

Vedo quegli strani animaletti in fila sul bordo dello scaffale. Animali di plastica dei più tipici, simili a quelli che hanno tutti i bambini del mondo.

Faccio correre lo sguardo da sinistra a destra: leone, giraffa, tigre, zebra, struzzo, elefante, scimmia, koala, orso, cavallo. In coda c'è una specie di grossa testuggine, un delfino, un'ochetta di terracotta e infine, sì non posso sbagliarmi, una pecora, di quelle del presepe.

"Buffo!" penso, mentre torno d'istinto a guardare mamma, che fissa gli animaletti con sguardo assente.

Forse la passione di Diego per gli animali risale all'infanzia. Ha detto che lui è un suo vecchio amico... Lei e Diego si conoscono da quando giocavano con gli animali di plastica? Ma allora sono come fratelli! E pensare che non ha mai fatto parola di lui. Ma da mamma posso aspettarmi questo e altro. Se un giorno mi presentasse il Presidente della Repubblica dicendo che è suo zio, non mi stupirei.

Mi avvicino allo scaffale con lo zoo (non so perché mi viene istintivo chiamare "zoo" una collezione di animali così stranamente assortita), mentre con la coda dell'occhio controllo Fritz. Visti da vicino quegli animaletti sono ancora più vecchi, non tanto perché rovinati, piuttosto... è un *non so che* della loro fattura, che ricorda oggetti di altri tempi.

Hanno dettagli perfetti.

«Hai visto che belli?» fa mamma.

«Sì, sembrano piccoli animali in miniatura, animaletti veri» dico.

«Già» commenta assorta. «Sembrano veri».

«Hai visto che bella collezione, Luna?» anche Diego, che nel frattempo ha finito con Fritz, si è avvicinato.

«Sono tuoi, di quando eri bambino?» chiedo.

«Sono il regalo di una vecchia amica».

Allora capisco: «Erano tuoi, mamma?».

«Erano... nostri».

«Davvero?»

«È una storia lunga. Possiamo raccontartela» propone Diego.

«Sì, sarebbe bello» dico.

«Be', perché non facciamo che venite da me una di queste sere a cena? Lia, se penso che non sei mai stata a casa mia...»

«Non disturberemo?» chiede mamma.

«Certo che no! Sarei contento. Allora, che ne dici?»

«Dico che è arrivato il momento di raccontare a Luna la storia dello zoo di plastica» dichiara mamma convinta.

Non so dire perché, ma il fatto che in quel momento anche lei chiami "zoo" la strana raccolta di animali mi colpisce. In fondo uno zoo è un'altra cosa, ha le gabbie e tutto il resto.

L'impressione è che la parola "zoo" stia rimbalzando nell'aria, come se io l'avessi pensata e mamma detta, come se ce la stessero sussurrando segretamente gli animaletti dallo scaffale.

«È guarito!» esclamo correndo da Fritz che, finalmente in piedi, si guarda pigro intorno.

«È ancora debole» dice l'assistente. «Andrà coccolato un po'...»

«Be', l'ha scampata» commenta mamma.

«Ha trovato il dottore giusto al momento giusto!» Diego sfoggia un largo sorriso pacifico.

«Dunque significa che dobbiamo cedere il posto a una delle persone in fila» mamma fa il gesto di aprire la borsetta per pagare il conto.

Diego la blocca: «Non ci provare».

Mamma lo ringrazia, io lo ringrazio. Bacio il mio Fritz, lo prendo in braccio.

Usciamo soddisfatte. Diego ci guarda trotterellare verso la macchina.

«Ciao, grazie ancora!» lo saluta mamma.

«A venerdì sera» fa lui. «Vi aspetto!»

«A venerdì» risponde mamma contenta.

PARTE SECONDA

NOTA BENE!

Da qui in avanti non sarò più io, Luna Porretta, figlia dell'astrofisico Amalia Porretta, detta Lia, a narrare questa storia.

Lascio la parola a Diego Francavilla, il veterinario che ha guarito il mio Fritz. È lui che me l'ha raccontata, durante le sere trascorse a casa sua e quelle in cui l'abbiamo invitato a cena da noi. Non so neppure dire quante sere, sono state tante e tutte molto piacevoli. Serate divertenti, come io e mamma non ne avevamo passate mai.

Diego si è rivelato un narratore di prima qualità, ecco perché gli cedo la parola.

Mi limiterò a trascrivere tutta la storia, capitolo dopo capitolo, così come l'ho sentita e registrata, sera dopo sera, cena dopo cena, con il mio piccolo registratore portatile. L'ho fatto per essere sicura di non dimenticare dettagli importanti.

Una sera le pile del registratore si erano scaricate, allora la volta successiva ho chiesto a Diego di raccontarmi di nuovo quella parte della storia.

Ci tenevo ad averla tutta intera, così com'è uscita dalla sua bocca. Era così bello ascoltarla, che volevo poterla rileggere in versione integrale tutte le volte che ne avessi avuto il desiderio.

Del resto trascrivere le registrazioni mi è sempre piaciuto. È un lavoro di pazienza, che mi rilassa, soprattutto d'inverno, quando il pomeriggio in casa non si sa che cosa fare.

Quella che segue è dunque la storia dello zoo di plastica.

Ascoltarla è stato molto bello.

Conoscere il veterinario Diego è stato ancora più bello e non solo perché ha guarito il mio adorato gatto.

Quella che segue è una storia che, a dirla tutta, ha cambiato la mia vita...

Solo alla fine dirò come.

Quando avrò scritto l'ultima riga, così come ho ascoltato fino all'ultima parola, vi dirò anche quel che è successo nel frattempo, durante l'inverno che è appena passato.

Dunque, lettore, stai attento, adesso è lui, Diego Francavilla, che racconta, mentre io ascolto, registro e trascrivo.

Capitolo 1

PARRÀ STRANO, MA...

Ti parrà strano, Luna, ma anche io sono stato un bambino.

Vivevo in via Santa Chiara, nel centro di questa stessa città, all'ultimo piano di un antico palazzo. Frequentavo la prima elementare nella scuola all'angolo tra via Garibaldi e via Sigismondo.

Be', non avevo questa statura, naturalmente, né questi muscoli. In compenso avevo tutti i capelli, anche qua sulla fronte, dove ora non ci sono più. Perdere i capelli è stata la cosa più sgradevole del crescere... troppo.

Dicevamo? Ah sì... Il mio papà era un pittore, appassionato dell'artista messicano Diego Rivera (da qui il mio nome), mentre la mamma faceva la moglie del pittore e la madre dei suoi tre figli: Adriana, Matilde e il sottoscritto.

Ero orgoglioso di essere figlio del grande Franco Francavilla e anche di avere come sorelle quelle due sventole di Adriana e Matilde. In città c'è chi se le ricorda ancora: sulle spiagge e nei locali della riviera hanno fatto, a quei tempi, strage di cuori.

Quando erano quasi maggiorenni io avevo appena sette anni. Per me le stagioni estive cominciavano quando le vedevo indossare vestiti leggeri e uscire fresche come fiori freschi, truccate e profumate. Mi sembravano più belle perfino delle ragazze che si vedevano in televisione. Le ammiravo, ascoltavo i loro dischi, mi facevo coccolare ma, soprattutto, le spiavo dal buco della serratura quando si cambiavano.

Dai, non ridere.

Ero un tipino sveglio. Bravissimo a organizzare giochi, un "capo" per natura, uno che si faceva rispettare. I miei migliori amici si chiamavano Giacomo Morelli e Federico Zani ed erano in classe con me. Facevano parte della famigerata "banda di Diego", cioè la mia, insieme ad altri cinque o sei bambini. Le femmine invece militavano nella banda di Raffaella, una tipa romantica che, per capirsi, organizzava giochi del tipo: *"Vorrebbe sposarmi?"*, *"Scuola di danza"*, *"Accetta un ballo?"*.

In cinque anni di scuola solo due bambine sono entrate (ma per poco) nella mia banda: Diletta Fiore, che incarnava il tipo della fata (capelli lisci castani fino alla vita, occhi verdi e nasino all'insù, le mancavano solo le ali), ed Elena Garcia, che aveva corrotto per mesi Federico Zani a suon di patatine fritte e merendine.

Fuori dalle due bande c'erano le cosiddette *ombre.* Così avevamo soprannominato il gruppetto di bambini che nessuno si filava, o perché troppo timidi, o perché troppo brutti, o perché troppo strani, stupidi, o poveri e sfigati, o perché... chissà perché.

I bambini, si sa, non perdonano... Non venite a dirmi che sono pieni di bei sentimenti, perché sono stato bambino almeno per dieci lunghi anni.

Stavo dicendo... Ah sì, le *ombre.*

Di loro conoscevamo a malapena le facce. Sedevano ai loro banchi, ma chi li vedeva? Pareva facessero parte dell'arredo, insieme alla cattedra e alla lavagna.

Nel loro gruppo, ahimè, non prendertela a male Luna, c'era anche Amalia Porretta, tua madre, che all'epoca non era detta Lia, perché nessuno si sognava lontanamente di chiamarla.

Dai, non fare quella faccia... Tua madre non sarebbe rimasta a vita in quel gruppetto.

Era scritto.

Uno non può rimanere per tutta la vita un'*ombra,* neppure se si ingegna. Un bel giorno si sveglia e non è più bruco, ma farfalla.

E vale anche per i capobanda, sai?

Un bel giorno si svegliano e non si sentono affatto diversi da quelle *ombre* che disprezzavano tanto da bambini. Succede così e basta.

È come... una giostra che gira.

Capitolo 2

UNA BUFFA SCOPERTA

Eravamo in seconda elementare.

Era un giorno d'inverno e faceva un freddo cane. Rientravo da scuola, imbacuccato nella mia sciarpa a righe.

Mentre mi sbattevo la porta di casa alle spalle, al quarto piano, sentii che si apriva quella in fondo alle scale. Mi affacciai dal pianerottolo, sicuro di veder salire mia sorella Matilde. Da giorni aspettavo di beccarla, volevo chiederle cento lire (non c'erano ancora gli euro) per comprarmi le figurine.

Non ti dico la sorpresa quando vidi salire una delle *ombre* della mia classe, l'insulsa e invisibile Amalia Porretta, che si trascinava una cartella più grande di lei (all'epoca non avevamo zainetti), nel suo grembiulino bianco con il fiocco rosa, l'aria da sfigata, da *ombra* senza speranza.

«Ehi, tu! Che ci fai qua?» le chiesi sporgendomi dalle scale.

Amalia mi guardò interrogativa, poi accennò

alla porta al secondo piano. «Io qua ci abito» disse.

Aprì con la chiave, entrò e si tirò dietro la porta senza troppi complimenti.

"Incredibile!" pensai, notando che aveva la sua chiave personale. Non avevo mai fatto caso al fatto che una compagna di classe vivesse nel mio palazzo. Be', ero stupito sì, ma non troppo. Io quell'Amalia neanche la vedevo.

Mi aveva colpito però la risposta secca. In fondo ero il capobanda e mi aspettavo più rispetto da un'*ombra*.

Da quel momento cominciai a osservare meglio Amalia Porretta. Mi incuriosiva.

È che i capobanda sono sensibili alle manifestazioni di libertà e, in generale, alla gente che dimostra carattere, anche solo con una risposta striminzita sulle scale. Siccome si aspettano che tutti li imitino e facciano quel che vogliono loro, chiunque esca da quello schema da comandini, anche di poco, li colpisce.

Presi a osservarla, senza che né lei né gli altri se ne accorgessero. Che cosa avrebbe detto Giacomo Morelli se mi avesse scoperto a interessarmi di Amalia Porretta?

Ero attento a ciò che pensavano i miei amici e per loro lei era un'*ombra*. Forse perché così strana, sempre nel suo mondo, con quello sguardo che ti oltrepassava.

Di sicuro non era una tipa appariscente, per

non dire che era un po' bruttina: piccolina, morettina, magrolina, timidina. Tutte cose che finiscono in "ina". Non vestiva alla moda, non portava con sé giochi interessanti, merende succulente, non parlava quasi con nessuno, Sara a parte, altra *ombra* con cui faceva coppia fissa: Amalia bassina e magra, l'altra gigante e cicciona.

Insomma, meglio studiarla di nascosto.

Dal giorno dell'incontro sulle scale, prestavo particolare attenzione a quando rientrava a casa. Volevo capire perché non mi fossi mai accorto che abitava nel mio palazzo.

Un motivo c'era.

All'uscita di scuola, avremmo dovuto percorrere la stessa strada, ma lei svoltava in via Garibaldi e pareva diretta altrove.

Cedetti alla curiosità e, una volta durante la ricreazione, le parlai, lontano da sguardi indiscreti: «Dove vai tutti i benedetti giorni dopo la scuola?».

«A casa» rispose, guardando dietro le mie spalle.

«Ma se giri in via Garibaldi».

«Embè?»

«Non è la strada per tornare a casa» obiettai.

«Passo da via San Bernardino» mi spiegò.

«E perché?»

«Che te ne importa?»

«Così, curiosità».

A quel punto mi fissò diffidente, valutando se

fosse il caso di parlare. Poi confessò: «Mi fermo a osservare la vetrina del Falai».

Il negozio del Falai era per noi un mito, una leggenda.

Vendeva cuccioli di cani, gatti, conigli, criceti e animali vari. Aveva l'acquario più grande della città, con i pesci più belli, strani e colorati che tu possa immaginare, oltre a un favoloso rettilario con le iguana proprio in vetrina.

Dunque quella tipa amorfa, che si nascondeva dietro al banco in fondo alla fila di destra, tutti i giorni faceva un giro dal Falai per contemplare la vetrina con le iguana.

"Incredibile, anche le *ombre* hanno gusto" pensai.

Ma volevo capire: non c'era nessuno che l'aspettava a casa, come succedeva a me e, supponevo, a tutti i bambini del mondo?

Allora, tendendo l'orecchio, registravo l'ora dei suoi rientri: due e un quarto, tre meno un quarto...

Amalia si tratteneva dal Falai dai venti minuti ai tre quarti d'ora.

"Roba da pazzi, roba da *ombre* viventi, roba da esseri strani!" pensavo, senza spiegarmi perché una come lei potesse avere tanta libertà ad appena sette anni: le chiavi in tasca, gli orari inesistenti... Che razza di famiglia era, la sua?

Capitolo 3

LO ZOO DI PLASTICA

A proposito di famiglie, due parole sulla mia.

Quando ero in seconda elementare, mia sorella maggiore Adriana aveva quasi diciotto anni e Matilde sedici.

Come ho detto, erano entrambe molto belle.

La passione di papà era dipingere i loro ritratti. Eccoli là, ne conservo ancora due, ci avevi fatto caso?

In quello di destra le ragazze posano vestite di rosso, con i loro cappellini di paglia. Adriana è la più alta, con gli occhi chiari, Matilde è quella di tre quarti, capelli scuri, lunghi e ricci.

Quando le mie sorelle cominciarono a prendersi le prime cotte, diventarono incredibilmente irrequiete.

Una sera Matilde rimase a dormire fuori casa senza avvertire nessuno. Al tempo non c'erano i telefoni cellulari e una ragazza della sua età non poteva permettersi tanta libertà. Quando il giorno dopo Matilde rientrò, scoppiò il finimondo.

Lei e mia madre si avventarono una sull'altra come due furie. Io e Adriana assistevamo alla scena muti.

Poi arrivò papà: «O mi dici dove sei stata o io... io...» fece a pezzi uno dei suoi disegni sotto i nostri occhi attoniti.

«Disgraziata! Incosciente!» urlava mamma. «Alla tua età...»

«Non ho fatto niente di male, sono stata da Giulia» si difese Matilde.

Giulia era una sua amica che avrebbe dovuto tenerle la parte. Ma a una verifica telefonica, quella della notte passata da lei risultò l'ennesima bugia, di cui Matilde sembrava molto generosa. La faccenda si fece seria, il clima teso durò a lungo.

Cominciavo a stancarmi. Sembrava che a casa mia non ci fosse niente altro di cui parlare, a parte la notte brava di Matilde, di cui a me, per parlar chiaro, non importava un fico.

Mi parevano improvvisamente tutti impazziti.

Uno di quei giorni, uscendo da scuola, pensai che non avevo nessuna voglia di sentire le urla delle mie sorelle. Così, ispirato dalle abitudini dell'*ombra* a cui andavo interessandomi, Porretta Amalia, feci il giro largo, per fermarmi davanti alla vetrina del Falai, dove vidi proprio lei, assorta in contemplazione delle quattro immobili e bellissime iguana.

«Ciao» mi disse.

Non capii come si fosse accorta di me, dal momento che mi ero tenuto a distanza di sicurezza e avevo fatto di tutto per non farmi notare. A quel punto, con fare da bullo, mi avvicinai per quella che fu la nostra prima vera e propria conversazione.

«Ciao» farfugliai.

«Anche tu qua?»

«Sì, volevo vedere le iguana».

«Ah!» abbozzò un sorrisetto complice.

«Ma non c'è nessuno che ti aspetta per pranzo?»

«Invece sì!» ribattè indispettita. «Qualcuno c'è! Mia nonna». Poi, quando mi vide stupito della sua reazione, cambiò tono e spiegò con fare più rilassato: «A quest'ora fa il pisolino e non fa differenza se ritardo dieci minuti».

«Tua nonna?» chiesi incredulo. «Vivi con lei?»

«C'è anche mio nonno. Ma lui mangia a mezzogiorno e poi va al circolo».

«Circolo?»

«La *Casa del Popolo*» mi spiegò.

«Aaah...» non sapevo cosa fosse una *Casa del Popolo*, ma non volevo ammetterlo. «Ma non hai una mamma e un papà? Fratelli o sorelle?» chiesi.

«Fratelli: no. Una mamma e un papà: sì. In Svizzera».

«Davvero?»

«Sì, perché in Molise non trovavano lavoro» disse assorta.

«Che c'entra il Molise?»

«È la regione di mio padre».

«E perché non sei andata in Svizzera con i tuoi?»

«Non possono occuparsi di me, così io sto con i nonni».

«E... non li vedi mai? I tuoi genitori intendo» ero curioso di capire come si potesse vivere così, come *ombre* viventi amorfe, e per di più mezze orfane.

Parlando con Amalia, sentivo nell'aria un *non-so-che* di storia triste, che in quel momento mi consolava delle mie sventure domestiche.

«Li vedo quando vengono a trovarmi: a Natale, a Pasqua, d'estate e a volte per i ponti. Non è poi così male: mi portano dei bei regali e poi... con i miei nonni sto bene. E tu? Hai fratelli?»

«Due sorelle» abbassai gli occhi e mollai un calcio a un sasso.

Rimpiangevo un fratellone che mi portasse sulla moto, o alla partita.

Amalia sgranò gli occhi: «Quelle due ragazze bellissime che vedo spesso per le scale?».

«Loro» ammisi a malincuore.

«Ma sono stupende!»

Mi pareva un entusiasmo esagerato. Forse per lei sarebbe stato diverso avere delle sorelle, riflettei, avrebbero movimentato la sua vita da *ombra*.

«Due rompiscatole» sentenziai e cambiai discorso. «Che tipo di regali ti portano i tuoi dalla Svizzera?»

«Regali... a volte molto belli. Libri. Mi piacciono i libri. Soprattutto quelli sul cielo, le stelle... e quelli con le copertine rigide».

«Ah... libri».

«Ma non solo quelli, sai? Anche altre cose...» poi rimase in silenzio. «Be' io me ne vado. Ciao» disse infine.

«Aspetta! Facciamo la strada insieme». Quella strana pausa mi aveva incuriosito. Sono sempre stato un tipo maledettamente curioso.

«Allora andiamo!» Amalia doveva avere motivi migliori dei miei per tornare a casa.

«Oggi pomeriggio che fai?» chiese una volta arrivati al portone.

La domanda mi spiazzò. Non volevo che la faccenda diventasse troppo impegnativa. «Perché?»

«Se ti va, puoi scendere a vedere una cosa» disse con semplicità.

«Non saprei...» rimasi sul vago.

Amalia aprì il portone con la chiave. Pensai che era una fortuna non dover suonare il campanello e aspettare che qualcuno si decidesse ad aprirti.

«Allora?» fece Amalia, una volta giunti al secondo piano.

«Casomai più tardi» buttai lì poco convinto.

«Casomai a dopo, allora» si tirò dietro la porta. Feci a tempo a dare una sbirciatina: un lungo corridoio in penombra con mobili cupi. Proprio la casa di un'*ombra*.

«Eccoti, signorino, che fine avevi fatto?» fu l'accoglienza di mamma.

Non mi degnai di risponderle.

«Ci manchi solo tu... Mangia, va là, dopo mi spieghi come mai arrivi a quest'ora: le due passate!» rovesciò la zuppa fredda nella scodella. Poi colse con la coda dell'occhio un luccichio di bigiotteria all'ingresso: «Ehi tu! Dove stai andando?».

«Lasciami in pace, carabiniera!» rispose Matilde che si preparava a uscire.

Da lì in poi, puntuali, cominciarono le urla, che evidentemente le due avevano conservato per il mio rientro.

Mi tappai le orecchie, rimuginai tra me. Di andare da Amalia fino a un minuto prima non mi sfiorava neppure l'idea, l'avevo detto così per dire, ma, visti i frangenti, quella poteva essere una possibile via di fuga.

Ingurgitai quel che rimaneva dell'orrenda zuppa (anche il cibo in casa mia sembrava aver risentito dell'umore generale in quel periodo) e mi avviai alla porta.

«E tu dove pensi di andare, ora?»

«Da una di classe mia che sta qua sotto» risposi senza crederci troppo.

«Da quando una tua compagna di classe vive nel nostro palazzo?»

«Da quando è nata» dichiarai con aria di sfida.

«Vengo a riprenderti tra un'ora. Vedi di non

raccontarmi balle… almeno tu» disse rassegnata mamma.

«Hai fatto più in fretta di quanto pensassi» commentò Amalia alla porta. «Non ho neppure finito di mangiare».

«Va bene, che importa?» la seguii nel corridoio, improvvisando faccia e camminata da smargiasso. Non volevo che si mettesse in testa che morivo dalla voglia di vederla. Le cose stavano in un altro modo, meglio tenere le distanze.

«Magari mangio ancora qualcosa qua da te, ce l'hai una merendina?»

«Una merendina? No. Nonna mi fa il pane con l'olio».

Ecco, mangia pane e olio da vera sfigata, pensai, non si comincia bene.

La cucina era un locale piccolo e soffocante, strapieno di oggetti: pentole di rame, mestoli, tazze, l'acquaio di pietra, i pensili sbiaditi… Una cucina da vecchia.

«Ma questa è la casa dei tuoi nonni?»

«Sì, ma sei duro… te l'ho già spiegato».

«Credevo che fossero venuti a stare con te nella casa dei tuoi genitori».

«No, loro sono in Svizzera. Qui ci vivono i miei nonni e prima di loro i miei bisnonni» spiegò Amalia finendo di raccattare con il pane il sugo nel piatto.

«Che cosa hai mangiato?»

«Pastasciutta al ragù... buona» disse soddisfatta.

«Ah...»

«E tu hai mangiato?»

«Sì, sì...» tagliai corto. «Ma hai una camera tua in questa casa?»

«Sì, la stanza di mamma, di quando era bambina. Ora ti ci porto, devo farti vedere una cosa».

«Che cosa?»

«Aspetta. Prima metto a posto qua» Amalia sparecchiò la tavola e la ripulì dalle briciole.

Pensai che a casa mia, per fortuna, a pulire ci pensava mia madre e, quando non c'era lei, era compito delle mie sorelle.

Con una lentezza che mi parve mostruosa, Amalia finì di riordinare, poi mi fece cenno di seguirla.

Ero un po' in imbarazzo ma, inspiegabilmente, mi sentivo anche bene in quella strana casa con quella strana bambina.

«Fai piano, non svegliamo nonna» disse indicando una porta a destra nel corridoio.

Entrammo nella sua cameretta.

Non feci commenti. Era una stanza assurda, spaziosa e vuota, con scatole di cartone chiuse, come quelle di un trasloco mai finito, accatastate vicino a un armadio; un lettino addossato alla parete con sopra una coperta di lana a quadretti, due mensole strapiene di libri, una scrivania, una sedia. Tutto qui.

Mi si strinse un po' il cuore, pensai che Amalia

era quella che a casa mia definivano una "bambina povera".

«Pensa a chi non ha niente» diceva mamma quando voleva farmi mangiare a tutti i costi qualcosa.

Amalia sembrava proprio non avere niente: nessun robot meccanico, niente bambole, niente giochi in scatola, niente televisione, niente videogiochi (perché esistevano già, anche se primitivi). Rimasi in silenzio, chiedendomi stupito che cosa mai potesse avere Amalia da mostrarmi con quell'aria di mistero.

Si sedette sul suo lettino e si piegò in avanti, frugando con la mano sotto la rete, dietro la coperta di lana a quadretti.

Intanto non mi toglieva gli occhi di dosso, forse domandandosi se faceva bene a fidarsi, a mostrarmi quel qualcosa per lei così prezioso che stava già trascinando da sotto il letto, dentro una scatola di cartone.

«È la cosa più bella che i miei genitori mi abbiano mai portato dalla Svizzera» dichiarò solenne.

«Davvero? E quando?»

«Quando avevo due anni».

«E ci giochi ancora?» chiesi un po' deluso.

«Certo che ci gioco ancora! E come farei senza il mio...» Amalia aprì la scatola e cominciò a tirarlo fuori, pezzo per pezzo «... zoo di plastica?».

Rimasi di sale.

Tutto mi sarei aspettato di veder uscire da lì dentro: un mappamondo, un aquilone, una fionda, una cerbottana, un costume da *catwoman*, o da principessa, un arco con le frecce, una parrucca da strega, una bacchetta magica, persino una bambola di porcellana o una collezione di barbie, fuorché dei miseri e insulsi animali di plastica.

La stanza era in penombra, cercai di mettere a fuoco, non ci potevo credere.

La scena mi sembrò assurda, irreale.

Amalia manteneva un'espressione fiera, quasi stesse mostrando il più prezioso tesoro dei pirati.

Non sapevo se ridere la mia più grassa risata da smargiasso capobanda crudele, o piangere qualche lacrima di commozione e solidarietà.

Poi, di botto lo stupore si trasformò in un crescente timore, quindi in terrore, infine in vero e proprio panico.

Rimasi immobile per un bel po' senza poter dire parola: gli occhi sgranati, la lingua secca, incapace di muovere un solo muscolo.

Lo zoo di Amalia non era affatto di plastica.

Ci volle un po' per mettere a fuoco quel che stava accadendo intorno a me: gli animaletti avevano preso a muoversi per la stanza e si sparpagliavano d'intorno, ciascuno emettendo, prima flebile e poi sempre più chiaro, il suo verso.

La tigre balzò ringhiando sulla coperta a quadri del letto, dove prese a leccarsi e ripulirsi il pelo come un piccolo, selvatico, bellissimo micio.

L'elefante barrì e procedette con il suo passo lento verso un angolo della stanza; la giraffa si avviò flessuosa, il collo molle, in direzione della piantina d'edera che pendeva dalla scrivania; la zebra accennò il trotto e mi passò tra le gambe; il cavallo scrollò nervoso la lunga criniera e nitrì fiero, il leone si stese pigro vicino alla scatola e fece un ruggito che mi dette i brividi; la scimmia urlando si arrampicò su Amalia e raggiunse in poche mosse la sua spalla; lo struzzo prese a correre verso l'armadio e ficcò la testa in uno dei cassetti aperti tra la biancheria; il koala si aggrappò alla mia gamba; l'orso si rifugiò sotto la coperta del letto.

Per la stanza si diffuse un odore strano e insolito, come di selvatico, simile a quello che avevo sentito un giorno entrando nel negozio del Falai.

Vivi.

Erano vivi!

Gli ultimi a uscire dalla scatola furono l'oca, che a una prima occhiata pareva di terracotta, e la pecora, tale e quale a quelle del presepe. La prima sgambettò verso di me starnazzando, la seconda belò in direzione di Amalia, che nel frattempo estraeva dalla scatola un fantastico delfino, per metterlo nella bacinella d'acqua sulla scrivania evidentemente lì per lui.

Mi accorsi della testuggine solo molto dopo, quando per poco non la capestai.

Amalia Porretta, l'*ombra* amorfa numero uno, l'insignificante e invisibile bambina povera del piano sotto a quello di sotto, aveva nella sua stanzetta, lì nella casa della vecchia nonna, la cosa più straordinaria, incredibile, meravigliosa, stratosferica, megagalattica che avessi mai visto nella mia breve vita: un'intera collezione di piccoli animali, simili a quelli che tutti hanno avuto almeno una volta nella vita, ma vivi!

Uno zoo vivente in miniatura nascosto in una scatola di cartone sotto il suo letto.

La sorpresa mi aveva paralizzato.

Vedevo quella misteriosa bambina che mi guardava divertita e ancora non riuscivo a emettere un suono. Ero sbigottito e anche un po' teso: la tigre, il leone, l'orso erano piccoli, certo, ma veri!

Mi pizzicai una mano, per esser sicuro di non sognare. Il primo pensiero fu: sono animali giocattolo giapponesi ultimo modello. Sembrano vivi, si muovono, ma sono robot, cose meccaniche. Poi girai lo sguardo e vidi quella grossa cacca di elefante che Amalia stava togliendo da terra con un pezzo di giornale.

Ero sconvolto.

Riuscii a ipotizzare solo che la mia compagna di classe appartenesse a qualche setta di giovani streghe e che quello a cui stavo assistendo fosse un potente incantesimo.

«Allora? Che ne pensi?» fu lei a rompere il silenzio, avvicinandosi con la mini-scimmia sulla spalla.

Si piegò, staccò dai miei pantaloni il koala, che nel frattempo aveva scalato la gamba fino al ginocchio, e me lo allungò dicendo: «Senti quanto è morbido e tenero».

Finalmente riuscii a richiudere la bocca e, dopo un attimo, anche a parlare: «Un koala... v-v-vero? Un vero koala?» chiesi inebetito, mentre Amalia lo depositava nelle mie mani. Era morbido e caldo, la cosa più morbida e calda che avessi mai toccato. Mi guardava con il suo musino simpatico.

Nel frattempo tutti gli animali presero a parlare le loro lingue e la stanzetta di Amalia divenne un caotico serraglio.

«Certo che è vero! Un vero koala, non lo vedi?»

Fissavo entrambi in trance. Lei e il koala.

«Insomma, non ti piace?»

«S-secondo te?»

«Secondo me hai un po' paura,» disse «ma non devi, sono piccoli e innocui, stanno con me da molti anni, non farebbero del male a nessuno».

«P-paura, io?» mi riscossi improvvisamente. «No... È che sono sorpreso... Sono veri... Sono... sono bellissimi!»

Il koala si era aggrappato alla mia maglietta e rimaneva lì, abbracciato a un lembo di stoffa vicino al mio cuore. Potevo sentire il suo battito, ascoltare il respiro di quella piccola cosa morbida, annusarne l'odore, mentre mi giravo intorno, non sapendo esattamente dove fermare lo sguardo.

«Allora il mio zoo... ti piace!» disse Amalia contenta.

«Mi fa impazzire! È la cosa più bella che abbia mai visto in vita mia. Ma perché lo chiami "zoo"? Non ci sono le gabbie».

«Hai ragione... È perché una parte di questi animali formava un vero zoo, con gabbie e piccole staccionate smontabili» spiegò.

«E poi?»

«Le gabbie le ho perse quasi subito, insieme agli altri animaletti».

«Hai perso animali come questi?» chiesi incredulo, pensando allo spreco, ad esempio, di un fantastico gorilla, o di un feroce coccodrillo.

«No... Sei matto? Ho perso quelli che non si muovevano, quelli che rimanevano fermi, di plastica».

«Ah!» sospirai sollevato e poi lo sguardo mi cadde sulla pecora: «Ma quella stava nel presepe?».

«Esatto!»

«E... i cammelli dei re magi? Non si muovevano?»

«No!»
«E l'ochetta?»
«Lei è un regalo di mia nonna, di tanto tempo fa».
«Ma com'è che... Perché questi sono vivi e gli altri no?»
«Sai cosa? Non so risponderti».
«Non capisco. Che cos'è che li fa vivere?»
«Me lo sono chiesta tante di quelle volte... Le cose stanno così: di tutti gli animali che mi sono passati tra le mani, di plastica, di legno, di ceramica, di terracotta o di vetro, solo questi prendono vita fuori dalla scatola».
Rimasi con lo sguardo fisso sull'elefante, senza sapere più che cosa dire, tante erano le domande che mi si affollavano in testa. Che cosa faceva vivere gli animali? Chi li nutriva? Cosa succedeva quando erano chiusi nella scatola?

Dopo poco, mentre toccavo incredulo la pelle dura dell'elefante con un dito e Amalia recuperava lo struzzo da sotto il letto, sentimmo dei passi nel corridoio.
«Amalia?» era la voce di sua nonna.
«E adesso? Che facciamo?» chiesi terrorizzato.
«Stai tranquillo, si fermano».
«Si fermano?»
La nonna si affacciò alla porta e capii.
Buttò uno sguardo distratto alla nipote, quindi mi vide: «Oh! Che bello, hai visite».

Nel frattempo gli animali si erano fermati nelle loro posizioni, avevano ripreso l'aspetto di quando erano usciti dalla scatola, parevano in tutto e per tutto innocui animaletti di plastica.

Mi affrettai a presentarmi: «Diego Francavilla. Abito due piani sopra».

«Ah! Sei il figlio del pittore, non sapevo che vi conosceste» ci osservò benevola. «Ma anche tu giochi ancora con questi animaletti? Pensavo fosse una fissazione di Amalia... Deve essere una moda dei bambini di oggi».

Non sapendo cosa dire, mi limitai a sorridere. Ma ecco il suono del campanello. Di sicuro la mamma era scesa a verificare che fossi lì.

«Aspettate qualcuno?» chiese la nonna.

«No!» rispose Amalia.

«Sarà mia madre che mi cerca» dissi. «Posso aprirle?»

«Ma prego, vai pure tu alla porta, caro» mi incoraggiò la nonna.

Non detti alla mamma il tempo di entrare.

Non volevo che conoscesse Amalia, né la nonna. Volevo tenerla lontana da quella casa.

Già me li immaginavo i suoi commenti da superdonna su quell'amicizia insolita, con una bambina così strana, diversa dai suoi standard (e fino a quel momento anche dai miei). Non mi andava di spiegarle un fico.

«Ciao Amalia, arrivederci signora!» urlai dal corridoio.

«Ma, Diego… si saluta in questo modo?» protestò la mamma.

A casa mi tempestò di domande, io rimasi sul vago. Mi premeva trovare un rifugio dalla mia litigiosa famiglia. Forse la casa di Amalia, fintanto che nessun altro vi aveva accesso, poteva essere proprio questo rifugio.

Un rifugio molto, molto magico.

Capitolo 4

UNA BRUTTISSIMA FIGURA

Ti puoi immaginare: non riuscii a pensare ad altro che allo zoo per giorni e giorni.

La mattina dopo, a scuola, lanciavo occhiate furtive all'ultimo banco della fila di destra, per capire come si sarebbe comportata quella nuova, strana amica.

Non sembrava interessarsi a me più di tanto, se ne stava zitta e buona al suo banco, immersa nel compito del momento, o nei suoi pensieri, chi poteva dirlo?

Io invece ero in preda all'eccitazione. Ripensavo soprattutto all'elefante, alla proboscide che si avvolgeva al dito e alle sue grandi orecchie a ventaglio.

Non ero ancora sicuro se raccontare tutto ai miei amici o meno. Mi vergognavo ad ammettere che mi ero visto con Amalia, per giunta a casa sua.

Tra tutte le *ombre*, lei era una delle più celebri, ci divertivamo a farle il verso.

Ad esempio, quando giocavamo a *"Indovina chi sono?"*, ci incurvavamo sotto la cartella e camminavamo storti come lei.

Dopo poche ore, comunque, mi ero già arreso.

Uno come me, abituato a mettersi in mostra per molto meno, che si vantava in continuazione di tutto, non poteva resistere a sconvolgere i suoi amici con una notizia del genere.

Raccontai dello zoo solamente a Federico e a Giacomo, i miei fedelissimi, descrivendolo con ricchezza di particolari.

Le loro facce erano sbigottite.

«Non è possibile!» Federico pareva stizzito.

«Anche io ho pensato che fosse un trucco, invece sono vivi. Vivi, capisci? Vivi!»

«Ma come fanno a stare chiusi in una scatola, se sono vivi?» obiettò Giacomo, che spiccava per senso logico.

«Perché quando Amalia li rimette nella scatola si fermano, tornano di plastica» risposi.

Di fatto non avevo assistito all'operazione, ma me lo immaginavo.

«Ma che dici? È una cosa assurda» sbottò Federico.

«Non sto dicendo balle. L'ho visto con i miei occhi».

«E perché la sua nonna non li vede muoversi?» chiese Federico scettico.

«Credo che Amalia sappia come fermarli. Gli adulti rovinerebbero tutto, li porterebbero da qualche scienziato per gli esperimenti...» tentai di immaginare.

«Mi sembra una cavolata, Diego» Federico si atteggiava come mio vice, ma sapevo che aspirava a essere il capo della nostra banda.

Una scoperta del genere mi avrebbe fatto diventare "super" agli occhi di tutto il gruppo e non ci sarebbe più stata gara per lui.

«Insomma, dovete credermi, ho avuto in mano il koala, ho toccato l'elefante, il cavallo, la pecora e la zebra, erano vivi».

«E il leone? La tigre? Li hai toccati?» chiese Giacomo.

«Non ancora...» ammisi.

«Forse avevi paura» commentò acido Federico.

«Be', ce l'avresti anche tu, se li vedessi...» mi giustificai.

«Ma quanto sono grandi?» chiese Giacomo.

«Così» aprii le mani a misurare uno spazio di circa quindici centimetri.

In realtà erano più piccoli. Avevano le dimensioni dei più comuni animaletti di plastica.

Dovevo portarli a casa di Amalia, altrimenti non mi avrebbero creduto.

Quel pomeriggio avevamo una partita di calcetto con la seconda F sulla spiaggia.

Fu un trionfo, segnai tre goal su sette.

Una buona premessa per farmi seguire da Federico e Giacomo.

«Non ci crederete, è troppo forte!» dicevo eccitatissimo mentre imboccavamo via Santa Chiara.

Arrivammo al portone, premetti il campanello dei Porretta, il portone si aprì.

«Dai, venite!»

«Ma vive nel tuo palazzo?» chiese Giacomo.

«Già... L'ho scoperto l'altro giorno per caso» risposi col fiatone. «Permesso?» entrammo nell'andito scuro.

Amalia si affacciò dalla sua camera. Quando vide Federico e Giacomo rimase di sasso. La sua espressione era un misto di delusione, tristezza e stupore.

Capii che afferrava il motivo della visita e che non ne era felice.

«Che cosa sei venuto a fare con loro?» chiese senza tanti complimenti.

«Volevano vedere lo zoo. Ti scoccia?»

Amalia restò in silenzio, gelata.

«Allora, non ci fai entrare?» chiesi.

«Se volete...» si muoveva insicura.

Giacomo e Federico, entrando nella sua stanza, si guardarono intorno con aria schifata e lei, dopo poco, si sedette arresa sul lettino e sfilò la fantomatica scatola da sotto.

I miei amici ci si tuffarono subito sopra, ma lei fece cenno di rimanere a distanza.

Ed ecco, per primo, il cavallo. Amalia lo posò a terra e quello si dette una lenta scrollata, mosse pigro la coda.

«Avete visto?» gridai in preda all'agitazione.

Federico e Giacomo mi fissarono sbigottiti.

Di sicuro erano rimasti così colpiti da non sapere come reagire, proprio come era successo a me, pensai.

Quindi fu il turno dell'orso. Si mosse solo di poco e si accucciò. Il leone ruggì e si leccò una zampa. Aspettavo l'elefante, il mio preferito, e intanto guardavo le espressioni dei miei amici, sempre più esterrefatte. Amalia finalmente lo posò a terra e quello prese a dondolare la proboscide.

«Lo vedete? Vedete quanto è bello?» gridai come un invasato.

«Senti, ma ci prendi in giro?» sbottò a quel punto Federico. «Avanti, dillo: ti sei messo d'accordo con lei per farci questo scherzo?»

«Diego, perché ci hai portato a vedere degli stupidi animali di plastica da questa balorda?» Giacomo rincarò la dose.

«Ma che dite?» mi dispiaceva che offendesse Amalia, che aveva accettato di mostrare loro il suo zoo. «Non vedete che belli? Si muovono! Sono vivi!».

«Diego, li rimetto a posto. Tanto loro non li vedono. Non li vedranno mai...» fece Amalia.

«Ma come? E perché?» non ci capivo più niente. «Tu li vedi però? Lo vedi che si muovono?»

«Certo che li vedo» rispose timida.

«Lo senti anche tu?» indicai l'elefante che barriva.

«Certo, che lo sento».

«Ma allora?»

«Sono loro che non possono vederli» disse calma.

«Se sei diventato amico di questa sfigata, potevi dircelo. Non ci interessano i suoi giochi da poppante» sbottò Federico.

«Diego, sono gli stessi animali che ha mio fratello Andrea, che hanno tutti i marmocchi. Che cosa ci trovi di bello?» chiese Giacomo.

«Ma non capite che noi due li vediamo muoversi, li sentiamo parlare?»

«Animali di plastica che parlano... Ti sei bevuto il cervello?» Federico scoppiò a ridere. «O forse ti sei innamorato di lei? Già... Si dice che per amore si diventa ciechi e sordi. Forse si vedono e si sentono cose strane...»

«Smettila, cretino! Non è che parlano, volevo dire che fanno i loro versi» gridai sconvolto.

Gli occhi mi si riempirono di lacrime e tutto volevo, fuorché farmi vedere piangere dai miei amici. Continuavano a darmi del bugiardo, a ridere di me.

Mi sentivo sconfitto. Perso.

Non ressi più.

Imboccai il corridoio e la porta. Una volta sul pianerottolo gridai: «Lo fate apposta, perfidi!» con rabbia indescrivibile.

Feci a tempo solo a vedere Amalia affacciarsi e guardarmi con aria affranta, in mano il cavallo, afflosciato e moscio, ma vivo, porca paletta, VIVO!

No, non avevo le allucinazioni.

«Ciao Diego!» disse Amalia tristemente.

Non le risposi neppure, non avevo più fiato. Rientrai a casa e non feci parola con nessuno, mi chiusi in camera.

Mamma, credendo che mi sentissi poco bene, mi portò la cena a letto. Una minestra che mi sembrò amarissima.

I giorni che seguirono non furono facili. Giacomo e Federico si divertirono a spettegolare.

Risultato?

La più grande umiliazione: fui degradato a vice-capobanda, Federico prese il mio posto.

Senza contare le bambine della mia classe, che intonarono per settimane cantilene tipo: *"Diego ama Amaliaaaa, Diego ama Amaliaaaa!!!"*.

Pian piano la cosa perse d'interesse per una serie di motivi: intanto Amalia, abituata fino al giorno prima all'invisibilità, non reagiva alle provocazioni, forse per timidezza.

Inoltre trovai il modo di ricattare Giacomo e Federico: se avessero continuato a prendermi in giro, non avrei più tirato un solo calcio al pallone con loro.

Era una minaccia seria, perché io detenevo

il primato di capocannoniere: al mio attivo ben duecento goal in settanta partite giocate.

Perdermi come compagno di squadra era peggio che perdermi come amico.

In ogni caso, scoprii ben presto che io e Amalia eravamo gli unici a vedere vivi quegli animali.

«Sapevi che li avrei visti muoversi, quando me li hai mostrati la prima volta?» le chiesi una volta.

«Non so dirti perché, ma lo sapevo».

«Quante altre persone li vedono come noi?»

«Nessun altro».

«Allora, mi spieghi come facevi a saperlo?»

«Non so... quando eravamo davanti alle iguana, là dal Falai, ho pensato che tu ci saresti riuscito».

«Hai provato con altri?»

«Sì. Gli adulti non li vedono, non se ne parla nemmeno. Ciechi come talpe. Qualche bambino coglie qualcosa, a volte mi hanno detto che gli animali cambiano posizione, ma nessuno è mai riuscito a vederli, a sentirli, come hai fatto tu».

«E perché?»

«Non lo so».

«E sei contenta che io li veda e li senta?»

«Sono molto contenta» ammise sorridendo.

«Non è che ti fai strane idee?»

«In che senso?»

«Nel senso che magari... Be' lascia perdere».

«Io non mi faccio nessuna strana idea» dichiarò punta nell'orgoglio. «Mi fa solo piacere giocare con i miei animali insieme a qualcuno che li può apprezzare in tutta la loro bellezza».

«Roba da matti... Forse siamo matti? Io e te intendo... Siamo diversi dagli altri, siamo matti allora?» ansimai.

«Forse...» mi rispose Amalia tranquilla. «Che male ci sarebbe, dopotutto?»

No, non volevo essere matto. I matti mi hanno sempre fatto paura.

Io non ero matto. E neppure Amalia.

Era tutto vero.

Tutto incredibilmente vero.

PARTE TERZA

Capitolo 1

IL PRIMO FU IL LEONE

Mi piace il modo in cui ascolti, Luna. Mi diverte anche tua madre Lia... Sono sicuro che, dietro quel suo sonnecchiare apparente, è attenta invece. Di sicuro nella sua mente, tra le riflessioni intorno ai *quasar* e quelle sugli asteroidi, fluttuano vividi i ricordi del nostro zoo.

Siamo ancora all'inizio della storia. Avevo appena scoperto il tesoro di Amalia e di essere l'unico, oltre a lei, a vedere vivi quei piccoli, meravigliosi animali. Presi a far visita alla mia nuova amica due volte alla settimana, quando Giacomo e Federico avevano lezione di karate e non potevano scoprirmi.

Bussavo alla sua porta.

«Ciao, Diego» Amalia sapeva esattamente che cosa mi aspettavo succedesse.

«Ciao».

La seguivo in camera e guardavo gli animali prendere vita sotto i miei occhi increduli.

L'elefante fu da subito il mio preferito, potevo osservarlo per ore senza stancarmi. Lento e paziente, con la sua proboscide afferrava, trasportava e ammucchiava in un angolo le minutaglie sparse sul pavimento: pezzetti di costruzioni, pennarelli, frammenti di carta...

All'inizio mi chiedevo come potessero convivere la pecora, la zebra e la giraffa con il leone e la tigre, ma scoprii che quegli animaletti non si sarebbero mai aggrediti fra loro.

Erano insieme da troppo tempo.

Inoltre pensavamo noi a sfamarli con gli avanzi della cucina e il latte fresco, distribuito in tanti tappi di bottiglia, uno per animale. Li tenevamo puliti, pettinati, strigliati e facevamo loro mille coccole. Resta il fatto che, ogni tanto, i felini si lasciavano andare a scatti da predatori, al che la pecora scappava a nascondersi sotto l'armadio.

Forse leone e tigre non potevano dimenticare la loro natura selvaggia, oppure si divertivano ad animare i nostri pomeriggi più noiosi, chi poteva dirlo?

Io e Amalia osservavamo a lungo i diversi rapporti fra gli animali.

L'orso, una femmina, sembrava aver in antipatia la scimmia, mentre era tenerissima con il koala; il cavallo e la zebra filavano insieme a meraviglia; l'oca e la giraffa parevano in competizione per qualche misterioso motivo, mentre il delfino, che riceveva regolari visite in acqua dalla testuggine, rimaneva simpatico un po' a tutti; infine l'elefante amava la compagnia dello struzzo.

Gli animali stavano bene tra loro e anche con noi, però... mancava qualcosa.

«Non c'è modo di trovare una compagna o un compagno per loro?» chiesi un giorno ad Amalia mentre osservavo il leone.

«Una compagna per il leone? Intendi una leonessa?»

«Esatto».

«Diego, scordatelo. Sapessi quante volte ho chiesto ai miei di portarmene altri, di comprarli nello stesso negozio... Non si muovono».

«Peccato. Una leonessa per il leone avrebbe voluto dire una bella cucciolata di leoncini, un giorno o l'altro».

«Leoncini?» Amalia mi fissava sbigottita. «Dici davvero?»

«Certo! Un leone e una leonessa fanno i cuccioli. Come un gatto e una gatta, un cane e una cagna...»

«E un elefante?»

«Con l'elefantessa fa l'elefantino, mi sembra logico» risposi saputo.

«Incredibile! Non ci avevo pensato. Sarebbe bellissimo!»

«Be', possiamo darci da fare per cercare altri animali come questi, così riusciamo a formare una coppia» proposi. «I fratellini dei miei amici ne hanno tanti, posso controllare. Può darsi che qualcuno si muova».

«Magari» tagliò corto Amalia.

Una volta, mentre inseguivo la scimmia che si divertiva a farmi i dispetti e a scappare, chiesi ad Amalia: «Ma non hai dato un nome agli animali?».

«Certo! Vuoi che non gli abbia dato un nome?»

«E lei come si chiama?» indicai la fuggitiva.

«Erik».

«Un maschio? Non ci avevo fatto caso».

Amalia era perplessa: «Non so se è maschio».

«Allora perché le hai dato un nome da maschio?»

«Mi piaceva».

Da un rapido esame risultò infatti che la scimmia non era affatto maschio e mostrai la mia scoperta.

«Lo vedi? È femmina!»

«Ah! Comunque si chiama Erik» commentò lei distratta.

Come avrei scoperto esaminandoli uno a uno, Amalia non si era curata della differenza tra maschio e femmina.

Il loro genere non era per lei in questione e la maggior parte dei nomi era sbagliata: la zebra (maschio) l'aveva chiamata Triscia, la giraffa (femmina) Camillo, la tigre (maschio) Eva, lo struzzo (femmina) Gastone, il cavallo (maschio) Fanny, la testuggine (genere indefinibile) Dodù, il delfino (forse femmina) Malibù, l'oca (femmina) Yumi, la pecora (femmina) Cosimo, l'elefante (maschio) Lollo, il koala (maschio) Mugi, l'orsa (femmina) Piero, il leone (maschio) Gino.

A proposito del leone: c'era voluto un po' per conquistare la sua fiducia, ma eravamo diventati intimi. Mi mordicchiava il dito e si faceva accarezzare sotto il collo, come un mini-micio. Aveva un odore penetrante. Mi piaceva, chiudevo gli occhi annusandolo da vicino e mi pareva di vedere la savana africana con gli arbusti essiccati dal sole e le acacie.

Per lui avevamo creato un ambiente speciale: sotto la pianta di ficus sul piccolo balcone della stanza di Amalia, dove di pomeriggio batteva un gran sole, avevamo sparso un po' di terra mista a sabbia di mare.

Beatamente disteso lì sopra, il leone muoveva la coda con ritmo lento e regolare, proprio come fanno i grossi felini biondi nella savana per cacciare gli insetti nelle sonnacchiose ore pomeridiane.

E fu proprio il leone Gino il primo a fermarsi.

Il nostro meraviglioso leone tornò d'improvviso un semplice animale di plastica, lasciandoci di ghiaccio.

Ricordo bene il giorno in cui successe.

Era aprile e a scuola avevamo cominciato con le lezioni di nuoto in piscina. Ci insegnava tale Bruno, uno che d'estate faceva il bagnino al "Magenta" e d'inverno era istruttore. Uno che aveva ben poca pazienza con i principianti. Del resto tra noi bambini cresciuti al mare non ce n'erano, a parte Amalia che, da brava *ombra*, era arrivata a sette anni senza quasi mettere piede in acqua, se non per ricevere da riva qualche onda lunga.

Il maestro non si aspettava di trovare un caso come il suo e perse presto la pazienza.

Continuava a invitarla a scendere in acqua: «Avanti piccola, non aver paura, qua ci tocchi, non vedi i tuoi compagni?» le diceva. «Coraggio, non ti far pregare».

Amalia rimaneva immobile, il terrore sul viso. Gli altri sghignazzavano.

«Scendi fifona!» urlò a un certo punto Valentina, che non si risparmiava mai l'occasione di dirle cattiverie.

Il maestro ci provò ancora: «Su, forza! Come ti chiami?».

Qualcuno rispose per lei: «Si chiama Amalia Porretta, è una tipa strana».

I miei compagni continuavano a sghignazzare, io però non riuscivo a prender parte al divertimento generale, mi dispiaceva vederla in difficoltà.

Il maestro si stava innervosendo: «Buoni, voi!

Tutti con le mani sul bordo della piscina» ordinò. «Te lo chiedo per l'ultima volta, Amalia, vuoi scendere in acqua?»

Lei rimase immobile nel suo costume rosso, magra e pallida, tutta ginocchia e gambe ossute, gli occhi impauriti.

«Ma non vuoi imparare a nuotare anche tu?» insisteva il maestro.

«No!»

Allora Bruno si rivolse a noi: «A chi convince Amalia a scendere in acqua un premio a fine lezione» annunciò.

A quel punto notai i movimenti in fondo alla fila: Federico e Giacomo, nuotatori già esperti, si stavano dirigendo verso le scalette nella parte alta della vasca.

Avrei potuto fermarli, indovinavo le loro intenzioni, ma rimasi a guardare.

Vidi la paura negli occhi di Amalia, che seguiva i loro movimenti, anche lei aveva capito.

Dopo poco tutti avevano capito, la classe intera cominciò a incitare i due che si erano dati all'inseguimento sul bordo della piscina.

Amalia correva intorno alla vasca e loro dietro.

«Pren-de-te-la! Pren-de-te-la!» urlavano i miei compagni, mentre il maestro assisteva alla scena senza dire niente.

Amalia aveva un vantaggio di pochi metri sui suoi inseguitori. Ma Giacomo fece la cosa che gli stavano suggerendo già da un po' gli altri e cambiò improvvisamente direzione del giro. Così in breve le fu davanti e lei si fermò ansimante, stretta tra due fuochi: davanti Giacomo, dietro Federico, entrambi in agguato.

Appena i due ripartirono per afferrarla, lei scartò di lato e si tuffò, ma dalla parte alta, dove non si toccava.

Ci fu un'acclamazione generale, coperta dalle urla del maestro, che solo in quel momento capì: «Zitti! Zitti tutti, sciocchi! Non sa nuotare!».

Silenzio.

Uscimmo dall'acqua e corremmo tutti al bordo della vasca, nel punto in cui Amalia era sprofondata. Si vedevano le bollicine e il corpo sommerso che si agitava.

Il maestro si era immerso e la raggiunse sott'acqua, la afferrò per la vita e la spinse con forza verso l'alto. Quando furono entrambi con la testa fuori, la trascinò verso il bordo. «Aiutatemi!»

Mi sporsi insieme a un mio compagno bello grosso, Francesco Pescetti, e lo aiutai a tirarla fuori, mezza svenuta.

«Distendetela a pancia in su» ordinò Bruno. «Fatemi posto!»

Poi si issò sul bordo, ci scansò con un gesto brusco, aprì a forza la bocca di Amalia e le premette la pancia e il torace.

La bambina sputò acqua schiumosa, quindi aprì gli occhi, pallida come un fantasma.

«Avanti piccola, dimmi che ti sei ripresa».

Ma Amalia si limitava a fissarlo con certi occhi che dicevano un'infinità di cose a proposito del terrore.

Noi osservavamo la scena in silenzio.

«Amalia? Amalia? Mi senti?» il maestro ora pareva seriamente preoccupato.

«È strana, parla sempre poco» si prodigò a spiegare Valentina.

«La vuoi piantare!» mi scappò detto.

Mi guadagnai lo sguardo complice del maestro che pareva dire "bravo!" e quello allibito di Federico.

Amalia fu accompagnata nello spogliatoio da una custode.

Noi invece facemmo lezione di nuoto. Io però mi rodevo, perché avevo messo a fuoco che Amalia mi stava a cuore, che Federico e Giacomo erano stati terribili e che il maestro stesso non si era comportato bene: come aveva potuto promettere una ricompensa a chi "convinceva" Amalia a scendere in acqua? Sapeva bene che eravamo venti contro una.

E io? Avrei dovuto difenderla.

Ero diventato amico di un'*ombra*, mi stava simpatica, e allora?

Che male c'era, dopotutto?

Ora, Luna, ti starai chiedendo che cosa c'entra tutto questo con il leone Gino, o forse stai pensando a tua madre sul bordo della piscina, mezza annegata. Ma vedo che hai capito: proprio quel giorno Gino si fermò.

Esattamente.

Quel pomeriggio scesi a giocare con la mia amica, infischiandomene che fosse venerdì. Pareva contenta di vedermi, ma quasi subito ci accorgemmo di Gino, immobile accanto alla scatola di cartone.

Fu un momento difficile, se possibile, ancora più difficile della mattina in piscina.

Il leone se ne stava fermo come un qualsiasi, normalissimo, animale di plastica.

Mi sedetti in terra con in mano Gino, rigido e freddo. Gli altri animali si radunarono intorno: chi sfiorava il leone con il muso, chi con la zampa, tra mugolii.

Lo salutavano, ciascuno a suo modo.

La pecora Cosimo non finiva più di belare, sono sicuro di aver visto scendere una lacrima dai suoi occhietti umidi.

Una scena straziante.

Così ci trovò la nonna di Amalia, richiamata dai lamenti: sua nipote in singhiozzi sul letto e io seduto in terra con in grembo tutto lo zoo.

«Non dovresti fare prepotenze con Amalia. È così una cara bambina... Fai giocare anche lei con gli animali!» disse guardandomi perplessa.

«Ma no, nonna, non è per colpa di Diego che piango!» disse Amalia tra i singhiozzi.

«E allora perché, bimba mia?»

«Il leone Gino...» provò a dire.

«Non si sarà rotto? Lo ricompriamo, tesoro» la nonna si era seduta sul letto e le accarezzava buona buona i capelli.

«Ma no...» Amalia si tuffò sulla sua pancia.

Se chiudo gli occhi posso ancora vederle abbracciate, sentire quel buon odore di nonna, di abbraccio di nonna.

Anche a me venne un gran desiderio di metter la testa sopra a quella pancia morbida e tonda e di ricevere qualche carezza. Le lasciai alle loro coccole, pensando che Amalia se le era ben meritate quel giorno.

Tornando a casa avevo il cuore pieno di dubbi. Gino, in modo improvviso e misterioso, si era fermato.

Sì, ma perché?

Capitolo 2

COME SI INTRISTÌ IL KOALA

Se Gino era stato un capo molto amato, temuto e rispettato, la tenera mascotte dello zoo era invece Mugi, il nostro bellissimo cucciolo di koala.

Con quei suoi occhietti riusciva a ottenere tutto quello che voleva. Ad esempio salire in groppa all'elefante Lollo e farsi trasportare beato per ore, abbracciato a una delle sue orecchie.

Gli animali lo viziavano, proprio come facevamo io e Amalia.

A turno lo cullavamo, accostavamo la sua pancia pelosa e calda al nostro viso, lui si afferrava con le zampette a un lembo dei nostri maglioni e si sistemava al calduccio tra il collo e la scapola. Il suo odore era quello dolciastro, tipico di tutti i cuccioli del mondo: un misto di latte e fiori freschi, pioggia appena caduta e torta di mele. Mi faceva sognare l'intrico della foresta asiatica, cime alte di eucalipti ed enormi serpenti arrotolati sui rami.

Avevo letto su un'enciclopedia degli animali che ai koala piacciono molto le foglie d'eucalipto ed ero riuscito a farne una piccola scorta per il nostro cucciolo. Mio zio aveva tre di questi grandi alberi nel suo bel giardino.

Per dirci che era affamato, Mugi si strofinava il naso umido con la zampina. Allora gli regalavamo una foglia e lo portavamo alle cure dell'orsa Piero, insieme a quel suo tesoro verde, grande come lui.

«Come sarebbe bello se riuscissimo a far nascere un piccolo come Mugi nello zoo...» se ne uscì Amalia una volta guardandolo assorta.

«Sarebbe fantastico. Perciò non dobbiamo arrenderci, ci deve essere da qualche parte un altro koala, un'altra tigre, o una giraffa... Ci pensi che bello se trovassimo un delfino? O uno struzzo...»

«Chissà com'è il pulcino dello struzzo...»

«Oppure un orso per Piero, allora sì che Mugi avrebbe dei compagni con cui giocare: magari una coppia di meravigliosi orsacchiotti gemelli... ci pensi?»

«Dobbiamo cercare un compagno per Piero!» dichiarò Amalia solenne.

«Certo che, però... detta così suona male. Ma perché non chiamarla Piera, se è una femmina?» proposi.

«Ormai si chiama Piero, non risponderebbe a un altro nome» tagliò corto Amalia.

«Va bene, troveremo un compagno per Piero».

Mi ero abituato a quella confusione di generi. Piero era Piero e Mugi era Mugi.

Avanti, prova a dirlo. Il suono che esce dalla tua bocca è già tenerezza. Mugi il koala.

A proposito: Mugi fu anche il secondo animale a fermarsi.

Ascolta quello che successe.

Era ormai giugno inoltrato e la scuola stava finendo. Presto saremmo stati liberi di scorrazzare dalla mattina alla sera senza controllo.

Le spiagge si erano popolate di ombrelloni.

Non vedevo l'ora che scoccasse la fatidica *ora x* e che il calendario parlasse chiaro: ultimo giorno di scuola.

In quel periodo mi ero preso una cotta tremenda, di quelle che si ricordano per tutta la vita. Mi ero innamorato di Wanda, una bambina di prima elementare. Bella come una fata, occhi neri, lentiggini, capelli castani lunghi e lisci, sguardo birichino, risata argentina.

Ecco l'unico motivo, casomai, per cui mi dispiaceva che la scuola fosse agli sgoccioli.

Come avrei fatto a rivedere Wanda? Dove?

Da qualche tempo nei bar come nei supermercati si sentivano le canzoni di Vasco Rossi e tra tutte ce n'era una bellissima, *"Albachiara"*.

La conosci?

È chiaro. Come puoi non conoscerla?

Mia sorella Matilde aveva il disco (lontano parente del CD) e io mi ero fatto registrare una bella cassetta.

Non so quante volte ho ascoltato *"Albachiara"* fantasticando di come mi sarebbe piaciuto dire a Wanda frasi romantiche tipo quelle di Vasco. Sognavo di lei anche quando giocavo con Amalia. Mi sedevo con il piccolo Mugi sul terrazzino che aveva ospitato la savana del leone Gino e fissavo lo sguardo nel cortile del nostro palazzo.

Non osavo confessarlo a nessuno, i miei amici mi avrebbero preso in giro. Non ero il loro capobanda ormai, ma solo il vice, e dovevo stare attento a non essere messo in disparte. Troppo rischiosa la faccenda dell'amore... la tenevo per me, segreto segretissimo.

Confidarmi con Amalia?

E come avrebbe reagito?

Era pur sempre una femmina e poteva fare la gelosa. Però intuivo che la mia nuova amica, l'ex-*ombra*, la magica padrona dello zoo di plastica, sapeva.

Un giorno presi l'argomento da lontano, mentre preparavamo la ciotola degli avanzi per l'elefante e quella per la tigre e le chiesi: «Ti è mai successo di innamorarti?».

«No» rispose distratta Amalia. «Che roba è?»

«Quando pensi sempre a qualcuno, quando non riesci a non pensarci, intendo... Non ti è mai capitato?»

«Mmhmm...» rifletté. «Qualcuno, o anche qualcosa?»

«Be', non so se si può essere innamorati di qualcosa».

«C'è una cosa a cui penso sempre, una cosa che credo di amare, ma non c'è nessuno di cui sono innamorata».

Che sollievo... Amalia non amava nessuno e quindi neanche me. Sarebbe stato imbarazzante non ricambiare.

Riflettei sulla sua risposta: «Una cosa? E cosa?».

«Il cielo» rivelò lei.

«Davvero?»

«Sicuro! E anche le stelle».

«Non so se è lo stesso...» riflettei. «Ad esempio: quando sei sola pensi al cielo? Quando stai per addormentarti pensi a come ti piacerebbe parlare con le stelle? A quello che potresti fare assieme a loro? Ti viene voglia di dire loro parole dolci?»

«Sì! Tutti i giorni, proprio così» Amalia prese l'espressione sognante che conoscevo bene, perché ricordava un po' quella che dovevo avere io pensando a Wanda.

«Allora forse è vero: sei innamorata del cielo...» ammisi perplesso.

«E tu? Sei innamorato?»

Messo alle strette, feci sì con la testa.

«Lo avevo capito».

«È già un po' di tempo» precisai.

«Se ti va puoi parlarne con me, oppure con gli animali del nostro zoo».

Quel "nostro" riferito allo zoo mi fece bene. Mi si allargò il cuore, le raccontai di Wanda e del mio problema, del fatto che non avrei potuto rivederla.

«Perché non provi a tendere l'orecchio in giardino mentre parla con le sue amiche? Può darsi che si diano appuntamenti e che tu riesca a scoprire dove vive» consigliò Amalia.

«Cavolo! Sei un genio…»

Mi aveva dato un motivo per sperare, a pochi giorni dalla fine della scuola.

Amavo la piccola Wanda.

La mattina dopo, durante la ricreazione, mi appostai dietro un albero. Wanda e le sue amiche stavano giocando a *campana*. Sai, quel gioco in cui si disegnano a terra dei quadrati e poi si lancia una pietruzza sul primo e si percorre tutto il disegno, alternando saltelli su una gamba.

Anche tu ci giochi?

Non credevo si usasse ancora…

Be' giocavano e chiacchieravano.

«Domani la mia mamma ha una sfilata di moda» diceva Wanda.

«La tua mamma fa la modella?» chiese un'altra bimba.

«Ma no, è una stilista» rispose la voce amata.

«Aaah!» l'amichetta aveva l'aria saputa.

«Ma lo sai, almeno, che cos'è una stilista?» chiese di rimando Wanda.

«No».

«E allora perché fai: 'Aaah!'?»

«Boh, sarà come quelle che *stilano* in TV».

«Non sai un bel niente e dici delle cavolate» protestò Wanda. «La stilista è una che disegna i vestiti».

«E li cuce poi?»

«NO! Li cuciono le sarte. La mia mamma è un'artista stilista».

«Beata lei» sospirò l'amichetta.

Dall'altra parte del giardino mi stavano chiamando. Me ne andai, avevo scoperto solo che la mamma di Wanda era una stilista. Quante potevano essere le stiliste della nostra città?

Forse la mamma mi avrebbe aiutato.

Quel pomeriggio raggiunsi Amalia con in mano una giraffa e un cavallo bruno, animaletti di plastica presi "in prestito" al fratellino di Giacomo durante l'ultima visita a casa Morelli.

Ero stato lesto, un vero professionista: localizzati gli animali nella penombra, avevo finto di cercare qualcosa e ZAC! me li ero messi sotto la maglietta.

No, non mi sentivo in colpa. Il piccolo Morelli aveva più giocattoli di un rivenditore.

«Proviamo?» chiesi mostrando ad Amalia la refurtiva.

«Certo!» estrasse gli animaletti dalla scatola.

Li disponemmo intorno ai nuovi arrivati, immaginando che la vita si trasmettesse a questi per magia. Dopo un po', dovemmo constatare che i due rimanevano fermi come solo un animale di plastica può rimanere fermo.

«Non funziona» sospirai.

«No. Me lo aspettavo» commentò Amalia. «Ci ho provato tante di quelle volte».

«Io non mi arrenderei» dissi.

Dopo poco eravamo concentrati sul delfino Malibù, entrambi con la testa sopra al catino azzurro dove sguazzava beato, alternando capriole a strilli simili a lunghi fischi.

Per i salti di Malibù avevo portato un grosso orecchino d'argento a forma di cerchio, trafugato nel cassettone delle mie sorelle. Dovevi vedere come riusciva a centrar sempre l'orecchino col suo salto, anche quando lo alzavamo sul bordo dell'acqua pensando che non ce la potesse fare: Malibù spiccava dei salti prodigiosi e si rituffava con grandi schiamazzi e con schizzi che finivano sul pavimento della stanza di Amalia, formando pericolosi pantani.

La tigre si teneva alla larga dal catino con espressione schifata.

«Com'è andata? Sei riuscito a scoprire qualcosa di Wanda?» chiese Amalia, spiazzandomi, perché era proprio a Wanda che stavo pensando mentre giocavamo con Malibù.

«No» ammisi scornato. «Ho scoperto solo che la sua mamma fa la stilista, ma non mi è servito a niente, perché la mia non la conosce».

«Accidenti... Mancano solo due giorni alla fine della scuola» ricordò Amalia.

«Hai qualche altra idea?»

«Devi agire».

«Come?»

«Perché non le parli? La fermi all'uscita e le dai qualcosa, che ne so, un regalino, così tanto per dirle che ti piace, che a lei ci tieni».

«Un regalino?»

«Sì, qualcosa di carino. Poi potresti chiederle se le va di vederti un pomeriggio per una merenda...»

Fissai Amalia sbalordito. Stava descrivendo i miei sogni.

Dimostrava di essere un'amica vera e io non sapevo che se ne potessero trovare, tra le femmine.

Corsi a casa a preparare il regalo per Wanda.

Avrei potuto chiedere i soldi a papà e comprarle qualcosa, ma non avevo dubbi, sapevo che cosa volevo regalarle: la cassetta di Vasco con *"Albachiara"*.

Avevo bisogno di Matilde. Non ero certo di saper manovrare il registratore e i dischi.

«Matildeeee! Matildeeee!»

Mamma mi venne incontro con le mani alla

testa, segno di una delle sue emicranie. «Diego non urlare! Matilde non c'è».

«Dov'è?»

«Con papà a Milano».

«A Milano?»

«Sono andati a una mostra, tornano domani» spiegò. «Di che cosa avevi bisogno?»

«Niente» dissi sconsolato.

Ci pensai un po', rigirandomi tra le mani la preziosa cassetta e alla fine decisi che le avrei regalato proprio quella e me la sarei fatta registrare di nuovo da Matilde. Mi dispiaceva separarmene, era un sacrificio, ma per Wanda ero disposto a farlo.

Mi misi all'opera: ritagliai un pezzo di cartoncino a misura di custodia, su cui scrissi i titoli delle canzoni di mio pugno, circondati da una nuvola di cuoricini. Non potevo certo regalare a Wanda la cassetta con la calligrafia di mia sorella.

Venne fuori un capolavoro. Aveva ragione papà: ci sapevo fare con i colori.

Guardai ammirato il risultato, immaginando il momento in cui Wanda avrebbe ascoltato la canzone *"Albachiara"* con in mano la custodia, pensando a me.

Quella notte non chiusi occhio.

Il giorno dopo, all'uscita di scuola, aspettai la fila dei bambini di prima elementare, preceduti dalla maestra. Fuori dal portone, poco lontano, c'era la ressa dei genitori con le macchine in doppia e tripla fila.

Eccola!

Vidi la mia amata e mi incamminai dietro di lei. Si dirigeva verso un macchinone, alla guida c'era una donna che le faceva, dal finestrino, cenni frettolosi. Wanda attraversò a corsa il piccolo giardino che divideva la scuola dalla strada, e io dietro.

«Wanda! Aspetta!»

In quel caos non mi sentì.

Avevo il cuore in gola: «Wanda!». Riuscii ad afferrarla per un braccio.

Si voltò sorpresa. Era bellissima.

«Volevo darti questa» le porsi la cassetta, che avevo incartato e infiocchettato come un vero regalo.

«Che cos'è?»

«È per te».

«Un regalo?» chiese incredula, fissandomi. Forse si stava chiedendo quale fosse il mio nome, pensai.

«Wanda? Andiamo!» la sua mamma la chiamava spazientita.

«Dai scartalo» supplicai.

In quel momento la madre, forse incuriosita dalla scena, scese dalla macchina e si avvicinò. Aveva i tacchi alti, una pettinatura vaporosa e un vestito così corto e scollato che dalla mia altezza avevo una vista ricca di dettagli.

Wanda scartò in fretta il mio regalo. «È una cassetta» commentò perplessa, senza neppure accennare ai cuoricini.

«Sì è per te, Vasco è mitico. Poi volevo chiederti...» ma mi bloccai, quando mi accorsi che stava fissando sua madre e che entrambe nascondevano a stento una risatina.

Wanda non sapeva come comportarsi, aspettava un suggerimento. Quando finalmente si decise, fu terribile.

«Almeno potevi regalarmi l'originale!» disse gettando la cassetta insieme alla cartella in macchina. Gracchiò quindi un *ciao ciao* indifferente e gelido.

La sua mamma pareva divertita. Si sistemarono quindi tutte contente e baldanzose in macchina. Osservai il profilo perfetto, come disegnato, della mia amata, mentre parlava e rideva accanto a sua madre.

Ridevano di me.

Chissà quante risate si fece quella presuntuosa, arrogante donna di plastica dal cuore di vetro, bella come una bambola, insieme a sua figlia, ancora più bambola, ancor più di plastica, una lei in miniatura. Si sarebbero assomigliate ogni giorno di più.

Tremavo di delusione e umiliazione. Ero disperato. Non so se ho mai più sofferto tanto per amore.

Fu una delusione pazzesca.

Tutte quelle giornate a fantasticare di Wanda, su come un giorno ci saremmo fidanzati con l'anello e l'avrei vista vestita da barbie-sposa, il velo sui capelli e il bacio sulla bocca, come aveva fatto mio zio con mia zia.

Mi sembrava così ingiusto...

Come sarebbe andata se non ci fosse stata la sua mamma lì presente a rovinare tutto?

Era colpa della vipera in minigonna se Wanda non mi aveva neppure guardato in faccia. Aveva fatto tutto per fare contenta sua madre.

Lei non poteva essere così cattiva.

«Che faccia scura... come ti senti Dieghito?» mi chiese mia sorella Matilde, quando la incrociai sulla porta di casa.

«Da schifo, mi hanno fregato la cassetta di Vasco» mentii.

«Non ti preoccupare, cucciolo, non è grave» mi baciò sulla fronte, aveva un profumo ai gelsomini che ricordo ancora.

Quella sera stessa mi portò la cassetta originale con *"Albachiara"* tutta per me. Era passata dal negozio di musica in centro e me l'aveva comprata. Grazie, cara Matilde, ti sarò sempre grato per questo gesto meraviglioso.

Il pomeriggio del giorno dopo bussarono alla porta di casa mia: «Buongiorno, sono Amalia, abito sotto. C'è Diego?».

«Piacere di conoscerti finalmente» sentii dire da mamma.

«Falla venire subito qui!» gridai dalla mia stanza, dove Amalia fu scortata da mia madre.

«Ciao Diego. Scusa se sono salita, ma non ti ho più visto...» disse imbarazzata.

Sentii il cuore allargarsi in un senso di benessere improvviso: «Scusami tu! Come sta lo zoo?».

«Abbastanza... bene» abbassò lo sguardo.

Una fitta allo stomaco: «È successo qualcosa?». Ed ecco quel brutto presentimento.

«Sì» ammise sconsolata.

«Racconta!»

La invitai a sedersi sul mio letto. Un gesto che qualche mese prima non avrei mai pensato di fare con una... come Amalia. Le cose erano cambiate.

«Il koala Mugi... ieri era molto triste, se ne restava sempre solo. Lui...»

«Lui?» chiesi angosciato.

«Mugi dormiva in un angolo sul letto, poi...»

«Poi?»

«Quando l'ho preso per rimetterlo nella scatola era... fermo» Amalia mi fissò sconsolata.

«Noooo!» esclamai infilando la testa sotto al cuscino, imitando d'istinto lo struzzo Gastone.

«Diego non volevo dirtelo ma poi...»

«Dovevi dirmelo».

Un pensiero veloce come il vento: Wanda.

Amalia si mordeva il labbro, la domanda le

pendeva dalla bocca: «Non è andata bene con Wanda, vero?» chiese alla fine.

La guardai inebetito: «No, non è andata bene». E finalmente riuscii a farlo, almeno con lei. Le raccontai tutto e tutto d'un fiato.

Mi fece bene.

Quando scesi a casa sua, vidi il leone Gino e il koala Mugi fermi immobili sulla mensola dove Amalia teneva i suoi preziosi libri sulle stelle. Erano loro, ma non erano loro: due animaletti di plastica anonimi, come tanti altri.

Mi sentii terribilmente in colpa.

Poi riflettei che non aveva senso: non poteva dipendere da me e da Wanda, le cose erano andate così. Punto e fine.

«Diego, le cose vanno così, punto e fine» dichiarò Amalia, lasciandomi di stucco.

Quella bambina sembrava leggere nei miei pensieri, sembrava parlare con le mie stesse parole pensate.

Capitolo 3

IL PROBLEMA DELLA GIRAFFA

Con Camillo avevamo provato ben tre volte. Intendo dire che ci eravamo impegnati molto nella ricerca di un compagno.

Sì, Camillo era femmina.

Uno dei "giraffi" potenziali fidanzati proveniva da una cartoleria dove vendevano bellissimi animali di plastica di produzione tedesca. Lì, avevo comprato anche una scimmietta, un'orsa e una zebra, ma nessuna di loro si mosse di un millimetro.

Il secondo fidanzato di Camillo l'aveva trovato Amalia a casa di Sara, quella alta e cicciona con cui formava la coppia di *ombre* più celebre della classe. Anche questa volta fu un fiasco e la terza lo stesso.

Non so da dove provenisse l'ultimo esemplare, ma sono sicuro che furono tre, perché ricordo Amalia che diceva: «Vuoi provare per la terza volta?».

«Certo, perché no?»

«Perché il tre è un numero strano» spiegò.

«Strano?»

«Sì, è come dire: insistere. Sa di ostinazione».

«Ma perché ce l'hai con il tre?»

«Niente di particolare... è solo, come si dice? Una superstizione».

«Che cosa dovrebbe succedere di brutto?»

«Niente, niente... Proviamo» tagliò corto Amalia.

Provammo, ma senza risultato. Camillo si avvicinò al giraffo di plastica e prese a girargli intorno curioso, sfiorò con la testa l'animaletto all'altezza del petto come dire "ti tocco il cuore, vedi di vivere".

Ma non successe.

«Sembra quasi che l'idea di un compagno non dispiacerebbe alla bella Camillo» commentai.

«È vero, pareva molto presa».

La giraffa Camillo era il più elegante dei nostri animali.

Ogni suo gesto esprimeva questa dote innata.

Camminava come se stesse sempre sfilando su di una passerella, ondeggiava armoniosa a ogni passo, aveva un magnifico portamento e lo sapeva. Il suo manto era sempre di un lindore impeccabile, di una perfezione disegnata. Era un po' vanesia, aveva un'ottima opinione di sé.

C'era un angolo della stanza che chiamavamo "il boschetto": rametti di salice piangente, acacia, quercia e leccio trapiantati in un vaso. Camillo prediligeva il salice e non si smentiva neanche mangiando: avrebbe potuto sedersi a tavola con una regina senza sfigurare. Non faceva rumori come gli altri animali, non lasciava avanzi per terra e sapeva fermarsi, aspettare e ricominciare, come una vera signora.

Era una giraffa di classe, anche se non saprei dire bene cosa la rendesse tale. La classe è un insieme di dettagli.

«Camillo, fatti guardare: sei bellissima! Uno schianto, davvero...» le dicevo ogni tanto.

Capivo che gradiva i complimenti da un certo suo modo di muovere il collo.

Ci dedicammo con molta energia alla ricerca del compagno per Camillo. Ci pareva soffrisse più degli altri la solitudine.

Raffinata e distinta, non amava il gruppo e un altro esemplare della sua specie le avrebbe fatto bene, la classe infatti si può spendere solo tra simili.

«Lo vedi come è sempre isolata?» mi faceva notare Amalia.

«Be', anche l'orso si isola, e pure la tigre».

«Sì ma... Camillo si isola come una che si sente sola» Amalia sapeva come dire le cose, le bastava poco per rendere l'idea.

Volevamo bene a Camillo e la consideravamo la perla della collezione in quanto a stile, misura e capacità di rispettare le regole (del tipo fare i propri bisogni nella cassettina apposita sulla sabbia, non mangiare nel tappo di altri animali...).

Ti puoi immaginare quale fu il dispiacere quando la perdemmo.

Eravamo appena tornati a scuola dalle vacanze. Le mie erano state piuttosto movimentate, su e giù per l'Italia con papà e mamma in visita a parenti e poi una quindicina di giorni a Parigi.

Amalia aveva passato l'agosto con i suoi genitori, metà mese a casa dei nonni (mi chiedevo come facessero a entrare tutti in quell'appartamentino) e metà in Molise dagli altri nonni. Non ci eravamo praticamente più visti dall'inizio di luglio.

Avevamo compiuto da poco otto anni: lei a luglio, il 12, e io il 22 agosto.

Non mi sentivo così cambiato, ma tutti continuavano a dirmi che ero cresciuto, che ero un "giovanotto".

Amalia invece, a sentir mamma, era già una donna. A me pareva la solita, se possibile ancora più magra e ossuta, forse un po' più alta, ecco tutto.

Comunque, eravamo appena rientrati a scuola (andavamo ora in terza elementare), che arrivò la notizia di una gita al museo archeologico. Studiavamo gli Etruschi e la maestra voleva farci vedere qualche reperto dal vivo.

Se devo essere sincero, non ricordo quasi

niente di quel museo, ma ricordo bene quel che successe durante il viaggio.

Le gite, ai nostri tempi, erano le poche occasioni in cui andavamo senza grembiule.

Di solito non facevamo caso a come vestiva Amalia, mentre quella volta tutti notammo i suoi abiti non proprio freschi di bucato: sia il maglione che la gonna avevano grosse patacche bene in vista.

Tutte le altre bambine sembravano principessine e, in confronto a loro, Amalia pareva una piccola barbona. Anche la maestra aveva storto un po' gli occhi, vedendola.

Salimmo tutti contenti a bordo del bus che ci avrebbe portati a Volterra. Amalia e Sara sedevano davanti, da vere *ombre*, le altre le indicavano e sghignazzavano. Anche Sara non si poteva dire un'elegantona, ma nel suo caso era più per la stazza che la faceva sembrare sempre goffa e sgraziata. Formavano così una coppia ridicola e ci fu chi volle tenere allegra la comitiva a loro spese, prendendole in giro in modo molto cattivo.

Le due non fecero fatica a capire che erano state prese di mira.

«Guardatele, sembrano zingarelle» diceva Francesca Dainelli.

«Appena uscite da un documentario sul terzo mondo!» la splendida e impeccabile Diletta Fiore era sempre la più impietosa.

«Una vergogna portarsele dietro» concluse Elena Garcia, con aria da super-donna-già-fatta.

In quel momento detestai le mie compagne di classe, la loro spocchia di bambine viziate. Io sapevo che Amalia non aveva, come loro, una mamma che lavava e stirava i bei vestitini freschi di shopping appena fatto, ma solo una vecchia nonna mezza addormentata e due genitori emigrati in Svizzera.

Il peggio venne quando Giacomo Morelli fece partire un telefono senza fili.

Non sai che cos'è un telefono senza fili?

È una frase che ci si sussurra all'orecchio in una fila, in modo veloce e non proprio chiaro, aspettando che arrivi fino all'ultimo bambino, che deve pronunciarla a voce alta. Di solito è sempre così distorta e assurda, dopo tanti passaggi, da far ridere davvero.

La frase che Giacomo Morelli aveva detto all'orecchio di Fabrizio Corsini era: "Amalia e Sara puzzano di formaggio come capre di montagna" e l'ultimo a cui arrivò il telefono senza fili gridò una cosa del tipo "Amalia e Sara mezze rape, che coraggio chi le magna!" e giù tutti a ridere come pazzi.

Le due sedevano mute e imbarazzate al loro posto.

A un certo punto Sara si alzò e si spostò in un altro sedile, così Amalia rimase sola per tutto il viaggio, con una faccia che non riuscirei a descrivere. Incrociai più volte il suo sguardo e mi fa male solo ripensarlo.

La gita non me la ricordo più.

So solamente che stetti tutto il tempo a chiedermi come dire ad Amalia che io non la prendevo in giro, che ero suo amico. Lei sfuggiva, rimaneva in disparte, tanto da far pena anche alla maestra, che spesso la recuperava e la riportava insieme agli altri.

I miei compagni, e soprattutto le mie compagne, quella volta esagerarono. Ma la cosa che mi faceva sempre più male era che, nonostante ormai potessi dirmi più amico di Amalia che di Giacomo e Federico, non riuscivo a difenderla (almeno un po') da tutte quelle iene.

Quando riparlai con Amalia dell'accaduto provai a scusarmi.

Mi spiegò: «Diego, io non sono rimasta male per te. Lo so che ti vergogni di me con i tuoi amici e non voglio che mi difendi. Io sono rimasta male per Sara».

Allora rividi la scena di Sara che si alzava per cambiare posto e capii che c'era una cosa ancora più triste dell'essere considerata un'*ombra* e dell'essere presa costantemente in giro: essere abbandonata all'improvviso da un'altra *ombra* che si diceva tua amica.

Un tradimento bestiale.

«Amalia, quella Sara è una cretina» ringhiai.

«Non è vero Diego, era troppo anche per lei e non ce l'ha fatta».

«Ma davvero la scusi?»

«Non è una cretina, Diego, non ci posso credere».

«Devi crederci, hai visto come si è comportata...»

«Che può farci lei se i vestiti non ce li ho?»

«Ma Amalia... Sara diceva di essere tua amica, è grande e grossa, allora poteva difenderti, no?» mentre lo dicevo mi vidi di colpo.

Ero più grosso di Sara e non l'avevo difesa.

Allora le parole mi si arrotolarono in bocca. Sapevo che Amalia leggeva nei miei pensieri e che adesso in quel suo sguardo non c'era rimprovero, ma qualcosa come: "Vedi che non è poi così semplice?".

Insomma, era come se lei accettasse senza ribellarsi il suo ruolo di *ombra*, con disarmante semplicità.

«Diego?»

«Sì?» mi riscossi dai miei pensieri.

«Io ho le stelle» bisbigliò a mezza voce.

Lei aveva le stelle, non c'era dubbio.

Noi due insieme, invece, perdemmo la giraffa Camillo, che non ne volle più sapere di muoversi e finì congelata nella sua immobilità di plastica sulla mensola davanti ai libri di astronomia, a far compagnia al leone Gino e al koala Mugi.

Anche ferma, la giraffa Camillo era elegante e fiera.

Addio Camillo, ti ho pensata in questi anni, ogni volta che facevo il nodo a una cravatta, ogni volta che dovevo improvvisarmi raffinato o elegante... sei stata sempre tu il mio modello di classe e buon gusto.

Ho pensato che se fossi riuscito ad avere solo metà della tua grazia innata, avrei steso il mondo.

KO.

Capitolo 4

QUEL CHE FERÌ LA PECORA

Che ora si è fatta? Le dieci e mezzo. Mmhmm...

Domani non c'è scuola e potrei raccontarti anche la storia di Cosimo.

D'accordo, proseguo.

Oltretutto ci ho preso gusto.

Per inciso, devi sapere che il fatto che gli animali si fermassero, diventando di plastica così come li vedevano tutti gli altri, ci tormentava, ci aveva creato mille dubbi, angosce, domande senza risposta.

«Dimmi se vuoi che smetta di giocare con lo zoo» comunicai un giorno ad Amalia.

«Perché mai?» Amalia parve raggelata al pensiero.

«Perché forse è colpa mia. Prima di conoscermi non ti era mai successo che gli animali si fermassero» vuotai il sacco.

«Prima di conoscerti io non mi ero mai divertita tanto con loro. E poi... non può essere colpa tua. Hai visto com'è andata con Camillo, cosa c'entri tu? È stata la mia brutta figura durante la gita».

«Non è neppure tua la colpa, sono stati gli altri a comportarsi male...» protestai.

«Lo so, ma io... e poi Camillo...»

Amalia cercava di dire l'indicibile, ovvero che Camillo si era sentita umiliata per lei, che era stata addirittura sopraffatta dall'umiliazione.

«Non ha senso» tagliai corto.

«E allora se non ha senso per ciò che combino io, o che combinano a me, perché dovrebbe averne per quello che succede a te?» ribatté.

«Non lo so, sono confuso».

«Senti Diego, io questi animali ce li ho da una vita e li conosco bene. Ma non so perché ultimamente succede questa cosa, che si fermano. Perché pretendi di saperlo tu allora?»

L'argomento non faceva una piega.

«E se non fosse finita?» chiesi.

«Significa che deve essere così, punto e fine» dichiarò Amalia. «L'ultima cosa che voglio è che tu smetta di giocare con lo zoo e... con me. Fino a che ti va».

«Certo che mi va».

«Bene».

La cosa fu chiarita una volta per tutte.

Mi sentii sollevato.

Si avvicinò il periodo di Natale e fiorirono presepi nelle case. Per me e Amalia fu tutto un trafugare pecore per Cosimo. Un futuro agnellino ci sembrava, a confronto di altri potenziali cuccioli, più… "verosimile", chissà poi perché.

«Ma anche la pecora Cosimo viene da un presepe, no?» sbottai dopo l'ennesimo fallimento.

«Sì» confermò Amalia.

«E allora perché non dovrebbe esserci un "pecoro" per lei, cavoli?»

«Proviamoci ancora, non ci arrendiamo» mi incoraggiò.

«Ne ho una speciale,» confessai estraendo l'animale dalla tasca del giubbotto «un po' grandina…».

«Ehi! Ma questa l'hai presa…»

«Ssssss! Parla piano» non volevo che la nonna scoprisse che avevo rubato una pecora dal presepe della chiesa di don Gaetano.

«Ma come hai fatto?»

«Ormai sono un professionista, un vero ladro di animali di plastica».

«Speriamo non sia grave, e che non ci mettano in prigione».

«A chi vuoi che importi di queste robette da bambini? Sono furti di plastica, paccottiglia».

«Già… hai detto bene, di plastica» disse Amalia commentando l'ennesimo tentativo fallito.

Cosimo si era avvicinata alla pecora, grande almeno otto volte lei, e aveva belato, ma questa niente, neppure un passo, neanche un respiro.

A proposito di Cosimo.

Era una pecora strana, si sarebbe detta una capra per la testardaggine.

Con il leone, per esempio, mostrava tutto il suo caratterino, era lei che andava sempre a cercar rissa.

«Cosimo esci da lì sotto!» Amalia passava il tempo a cercarla alla fine del gioco. Quando tutti gli altri animali si facevano rimettere buoni buoni nella scatola, lei si nascondeva e non ne voleva sapere.

«Cosimooooo! Torna quaaaa!» la fermavamo sulla porta, pronta a prendere la via del corridoio per infrattarsi chissà dove.

Una volta ce la riportò la nonna. L'aveva trovata sotto il frigorifero, mezza affogata nel latte caduto da una bottiglia. «È vostra questa? O mia?» chiese ad Amalia.

«Nostra, nonna, nostrissima!» si affrettò a prenderla.

«Sembra tanto una pecora del mio presepe...» obiettò la nonna.

«No, nonna, è di un presepe vecchio e ora fa parte dello zoo» spiegò Amalia.

«Ah, capisco, fa parte dello zoo» sospirò.

Poi partivano i rimproveri. «Ma non ti basta il latte che ti diamo? Non devi farlo più! Mai più!»

«*Bèèèèè, bèèèèè*» Cosimo trotterellava allegra verso i compagni. Era impossibile arrabbiarsi con lei.

Un giorno ci mettemmo in testa di tosarla: non appena vide comparire le forbicine da unghie di

Amalia e il rasoio che avevo preso in prestito da papà, si dette a una fuga disperata e noi dietro per tutta la casa.

Non ci fu verso di tagliare neppure un ricciolo della sua massa lanosa, ispida, ammazzettata e sempre in disordine.

Cosimo non si faceva lavare, non tollerava né pettine né spazzola e pareva andar molto fiera della sua puzza.

Una pecora assai poco docile, ma simpaticissima.

Il giorno in cui tornò pecora di presepe, pecora di plastica, si sarebbe detto che fosse mia la responsabilità, ma Cosimo era l'ultima delle cose che avrei eliminato dal mondo in quel momento, mi devi credere.

Sì, ora ti dico come andò.

Ai miei tempi (ma immagino succeda anche oggi), le scuole elementari erano spesso gemellate con scuole straniere. Nel nostro caso con una danese di Copenaghen.

Agli amici di penna scrivevamo in inglese, ricevendo lettere spedite con il francobollo.

No, non esisteva ancora internet.

La corrispondenza veniva sbrigata a gruppi durante le lezioni di inglese della maestra Trevis, fanatica di quella storia del gemellaggio.

Di Copenaghen sapevamo tutto, della Danimarca di più. I nostri amici di penna erano simpatici, ci spedivano le foto, ci mandavano biglietti con gli auguri di Natale. Ma come succede spesso a scuola, dopo un po' l'intera faccenda ci venne a noia.

Un giorno la Trevis annunciò trionfante:

«Bambini c'è una novità: ospiteremo per una settimana gli amici di Copenaghen. Non è meraviglioso? Non è perfetto?».

Solo alcune femmine, invaghite dei bei danesini visti in foto, si dimostrarono entusiaste.

Tutto era già organizzato. Sarebbero rimasti una settimana e avrebbero dormito all'ostello comunale. Dovevamo incontrarli al loro arrivo alla stazione.

La Trevis coinvolse anche i genitori (mia madre tra questi) e organizzò una festa di benvenuto nei locali della scuola. Preparammo venticinque cappellini a punta e cinquanta bandierine colorate, venticinque italiane e venticinque danesi. Avremmo dovuto regalare a ciascun bambino danese la perfetta bandierina italiana, la perfetta bandierina danese e il perfetto cappello a punta.

«Dobbiamo accoglierli con proverbiale calore italiano. Per l'occasione sarà presente l'assessore alla cultura, organizzeremo un momento perfetto».

La Trevis credeva nella perfezione e non dovevamo deluderla, cosa che riuscimmo puntualmente a fare.

La mattina del fatidico arrivo dei danesi alla

stazione, faceva un freddo prepotente e tutti eravamo imbacuccati nei nostri *montgomery*.

Che cosa sono?

Cappotti di lana verde oliva o blu scuro, con i bottoni ovali di legno che entrano in occhielli di corda e un cappuccio come quello che hanno certe mantelle. Allora erano molto di moda.

Saltellavamo per il freddo sul marciapiede del binario. La Trevis troneggiava tra i genitori, in mano il cesto con le bandierine.

Finalmente arrivò il treno con la scolaresca danese e la maestra accolse, con il suo perfetto inglese, il perfetto maestro danese che accompagnava quegli altissimi e perfettissimi bambini biondi.

Ci aveva affidato il cesto, raccomandandosi di distribuire i regali di benvenuto.

Io e Giacomo riunimmo gli altri e ci accaparrammo bandierine e cappelli, chi ne prese cinque, chi otto, cominciammo a sventolarle e a fare un baccano d'inferno.

«Bambini, bambini! Su, portatele ai vostri amici!» si raccomandava la maestra.

Ma la margherita di anarchia e caos all'italiana spuntata sul binario piacque ai piccoli danesi, che presto, imitandoci, si scatenarono in urla, corse, spinte e salti, tra un convulso sventolio di bandierine.

Il momento perfettamente progettato della Trevis risultò di un'imperfezione meravigliosa, i genitori presenti cercarono di riportare l'ordine e ci sedarono con qualche sberla tirata a casaccio.

Montammo sul bus che ci avrebbe riportati tutti a scuola. La Trevis, pallida, sedeva accanto al collega danese, visibilmente scosso.

Fin qua niente di meno che divertente.

Ci attendeva la colazione di benvenuto.

Le bandierine e i cappelli furono dimenticati sulle sedie. Solo due bambini continuavano a interessarsene. Un po' più grandi e molto prepotenti, si chiamavano Gargiulli Roberto e Zanobi Ferdinando: due bulli rifiniti, che facevano paura anche alle maestre. Erano arrivati da poco in classe e non si erano inseriti nelle nostre bande, anzi, ci facevano la guerra.

Uno dei danesi, più piccolo e timido degli altri, si avvicinò a una sedia e prese una bandierina.

Vidi i due puntarlo minacciosi: ce le avevano tutte e volevano anche la sua.

A un certo punto Robertone, così lo chiamavamo, gliela prese di mano e poi gli dette uno spintone, mandandolo a sbattere sulla parete. Tutto succedeva in un angolo, lontano dagli sguardi degli adulti.

Io però avevo visto la scena e, in un attimo, decisi che era arrivato il momento di non tollerare più le prepotenze.

Mi parai davanti a Robertone.

«Ridagliela!» gridai.

«Fatti gli affari tuoi» fu la risposta.

«No, tu gli rendi la bandierina» la voce mi tremava, sapevo che Robertone picchiava molto duro.

«Chi ti credi di essere, *Spiderman*? Che te ne importa di questo sfigato?»

«Dagliela!» ordinai di nuovo.

Ferdinando gli suggerì: «Perché non gliela dai davvero?».

Al che Roberto dette la bandierina al danese e subito dopo mi sferrò un pugno dritto nel naso.

«Gliele ho date! Botte e bandierina» urlò vittorioso.

Alcuni dei miei amici avevano visto tutto e Giacomo mi chiese subito: «Vuoi che ti vendichi?».

Ero steso a terra. Dal mio naso colava sangue.

«No, non ne vale la pena» risposi. Arrivò anche Amalia, che mi guardò impaurita. «Mi basta che abbiano smesso di tormentare quel poveretto» aggiunsi.

Davvero mi bastava. Sentivo di aver fatto una volta tanto una cosa buona per un'*ombra*, se pure danese, e di aver rimediato un po' a tutte le volte che non ero riuscito a difendere Amalia, o altri bambini sottoposti sistematicamente a tortura.

Ero fiero di me. Non mi importava di regolare il conto con Robertone, o di essere vendicato.

Nel frattempo qualcuno denunciò l'accaduto alla maestra e, molto prima che la Trevis prendesse l'iniziativa, arrivò la mamma.

Con un fazzoletto mi tamponò il naso sanguinante. «Chi è stato?» chiese furiosa.

«Lascia perdere» risposi.

«Ma sei ammattito? Dimmi chi è stato!» ordinò. «Avanti, ditemelo voi» chiese ai miei compagni.

Il bambino danese indicò Robertone.

«Adesso quel disgraziato mi sente».

Quando capii che stava per usare la sua autorità di adulta, la bloccai per un braccio, stringendo forte: «Non ti intromettere!». Ero spinto da una misteriosa rabbia.

Si fece silenzio e tutti si girarono dalla nostra parte. L'intera classe, Amalia compresa, guardò muta. Anche Robertone mi fissò con aria interrogativa.

«Dovrà pur dirci perché mai ti ha picchiato!» gridava mamma.

«Lascia stare, sono fatti miei!»

«Ah sì? Allora perché non vai tu a dirgliene quattro? Ti fai picchiare così, senza rispondere?»

La fissai senza più parole, a quel punto ero ammutolito anche io.

«Ma guarda che buono a nulla, vigliacco di un figlio!» esclamò davanti a tutti i miei amici.

Le lacrime mi velarono gli occhi e scappai a nascondermi in bagno dove piansi da solo, di rabbia e delusione.

Non mi sentii mai meno compreso di allora.

Quella era mia madre, ma di me non capiva

niente. E poi avevo un grande senso di giustizia dentro, nonostante fossi un capobanda, o almeno un ex-capobanda, che mi diceva che la partita con Robertone e il danese era già regolata e che quel pugno era il prezzo da pagare per aver difeso un debole ed essermi messo contro un prepotente.

Punto.

Mamma non doveva entrarci.

Aveva rovinato tutto.

«Diego, hai ragione tu» mi disse Amalia nel corridoio dove mi aspettava, quando finalmente uscii dal bagno con gli occhi asciutti.

Una frase che mi fece bene.

Quel giorno ero stato fiero di me, sì, ma avevo anche scoperto che non riuscivo a perdonare chi, come mamma, non mi capiva, chi non sentiva la giustizia come la sentivo io, chi voleva insegnarmi cose che non sapeva.

Quel giorno Cosimo si fermò e finì sullo scaffale accanto a Gino, a Mugi e a Camillo, a far da guardiano alle stelle di Amalia, che c'era rimasta male, almeno quanto me.

Una pecora testarda, intraprendente, coraggiosa, la nostra Cosimo.

Ma una pecora è sempre mite e, se serve, sa perdonare. Io no, non ci riuscivo, e non ho mai più ritrovato in me la pecora persa quel giorno.

Capitolo 5

COME SI AZZOPPARONO ZEBRA E CAVALLO

Triscia e Fanny, ricordi Lia?

Vieni qua Luna, sul divano.

La vedi tua madre?

Sta pescando nella memoria i ricordi. Con gli occhi chiusi li trattiene meglio e io racconto questa storia con più gusto. Anche se è un capitolo un po' duro...

Capirai perché.

Cavallo e zebra erano maschi, poco più che puledri.

Filavano insieme a meraviglia, amici per la pelle, compagni di gioco e di pazze corse per la stanza, sulla terrazza, nel corridoio.

Una delle mansioni di Amalia era la strigliatura. Usava piccole spazzole che erano state un tempo accessori di Barbie.

Fanny si lasciava fare, mentre Triscia si ribellava, da buon animale selvaggio. Il risultato era che Fanny pareva uno di quei cavalli che si vedono negli ippodromi, il pelo liscio e lucente, la criniera intrecciata, la coda pettinata e linda, mentre la zebra Triscia aveva un che di trasandato, che si addiceva però al suo carattere indomito e fiero.

Avevano la loro doppia mangiatoia, ricavata dal fondo di una bottiglia di plastica, dove sistemavamo erba secca e cereali alla frutta, di cui entrambi gli animali andavano golosi. Avevano anche una specie di stalla con due box, costruita con una scatola da scarpe rovesciata, divisa a metà da una parte del coperchio. Ma i due animali ci entravano di rado, perché amavano muoversi e correre liberi per la stanza.

A volte allestivamo un piccolo ippodromo sulla terrazza, con pista segnata da un filo di sabbia e ostacoli fatti con scatole vuote di medicinali messe in piedi sul lato più stretto. Una linea segnata con il gesso era il nostro *start*.

Ecco l'occasione per vederli galoppare e saltare, cose che ci facevano letteralmente impazzire.

Con soldatini di plastica a cavallo, quelli a gambe aperte, proprio della misura giusta, improvvisavo improbabili fantini: cowboy con i fucili e indiani con le piume e l'arco.

Triscia se li scrollava di dosso subito, ma dovevi vedere come li teneva in groppa Fanny. Tra soldatino e animale aggiungevo un ritaglio di carta sagomato a forma di sella.

Correvano al galoppo Triscia e Fanny e parevano dirti quanto fossero felici di vivere.

Fu un colpo trovarli immobili, come puoi ben capire.

Era di nuovo giugno, faceva caldo.

Io e Amalia eravamo diventati amici a tutti gli effetti. Non mi importava più dei discorsi stupidi di Federico e Giacomo.

«Bella roba! Tu sì che hai gusto e sai scegliere le femmine...»

«Ma come hai fatto a conquistare la più carina della classe?»

«Ma forse è per i suoi fantastici animaletti di plastica che la frequenti, vero?»

Era sempre Federico il più cattivo.

Non rispondevo alle provocazioni.

Tanto non avrebbero capito.

Sempre più spesso mi capitava di uscire da scuola e fare la strada insieme ad Amalia e non mi importava un fico se mi vedevano andar via con lei.

Quel giorno facemmo il giro lungo e ci fermammo davanti alla vetrina del Falai a guardare le iguana.

A casa avevo preso a tornare più tardi, mamma non si preoccupava, aveva altro da pensare.

E poi avevo quasi nove anni, mi sentivo grande.

Nel negozio di animali, che di solito era chiuso a quell'ora, c'era la luce accesa e qualcuno stava dietro il banco. Era un uomo sui trent'anni, che prese a fissarci. Dopo qualche minuto aprì la porta.

«Buongiorno, carini» ci fece.

«'Giorno» rispondemmo intimiditi.

«Che cosa guardate, le iguana? Vi piacciono eh?»

«Bellissime!» esclamai.

«E come vi chiamate?»

«Io Diego...» mi girai verso Amalia, concentrata a studiare la faccia del tipo. «Lei Amalia» dissi.

«E venite quando il negozio è chiuso?» chiese lui, senza presentarsi a sua volta, cosa che mi sarei aspettato.

«È perché siamo usciti da scuola e abbiamo fatto un giro» spiegai.

«Vi piacerebbe vedere gli altri animali, i coniglietti appena nati, le tartarughe d'acqua, i serpenti... ora che non c'è nessuno?»

Rimasi sorpreso della proposta.

Incoraggiato dal mio sguardo entusiasta, l'uomo continuò: «Potrei farvi fare un tour speciale nello scantinato, dove ci sono le incubatrici per le uova di pavone e di serpente».

«Le incubatrici?» chiese Amalia.

«Sì, sono macchine che fanno stare al caldo l'uovo, come quando è covato dalla gallina...» il tipo chiarì sommariamente la faccenda. «Allora, venite? Non c'è tanto tempo... vi aspetteranno a casa, no?»

«Infatti» disse Amalia, che pure tra i due era quella meno attesa.

«Però un giro veloce lo possiamo fare!» mi affrettai a dire, per non veder sfumare l'occasione irripetibile.

Mi ero accorto che alla mia amica quell'uomo non piaceva e, a dirla tutta, anche a me faceva una strana impressione.

Era tutto elegante, profumato, impomatato, pettinato e lindo, le mani lunghe, i capelli biondi e gli occhioni azzurri, che però non sembravano buoni.

Ma l'idea di fare un giro nei posti più segreti del negozio del Falai, alla scoperta delle uova di serpente era irresistibile.

Probabilmente anche per Amalia, infatti non mi abbandonò quando mi avviai dietro all'uomo che ci faceva il gesto di entrare e richiuse la porta dietro di noi, lasciando la chiave nella serratura.

Lo seguimmo lungo il corridoio pieno di teche di vetro, vasche e gabbie con animali di tutti i tipi: pesci colorati, criceti che squittivano, micini che miagolavano, cuccioli addormentati, pappagalli, canarini che cantavano come matti, una civetta addormentata su un trespolo, tartarughe nell'acquario a fontana, conigli di tutte le taglie, furetti, serpenti, serpentoni e serpentelli, un grosso istrice, una gabbia piena di fagiani e un'altra con pavoni dalle code sgargianti che strillavano...

Non riuscivo a staccare lo sguardo dagli animali, continuavo a girarmi a destra e a sinistra, a indicare ad Amalia quello e quell'altro esemplare. C'era anche una meravigliosa cucciolata di cani dalmata tipo quelli de *"La carica dei 101"* e una di labrador neri, dal pelo lucidissimo.

«Belli, vero? Belli, eh?» continuava a ripetere l'uomo.

«Molto belli» rispondevo.

Amalia taceva.

A dirla tutta, visto da dentro, il negozio del Falai era un po' angosciante, per via di tutto quel caos di linguaggi animali e degli spazi angusti in cui erano pigiati. Il pensiero mi stava intristendo.

Intanto arrivammo in fondo al lungo corridoio, dove si apriva una porta. L'uomo la spalancò sulle scale della cantina e ci fece cenno di seguirlo. Amalia, sempre più tesa, pareva ci stesse ripensando.

«Dai, vieni!» la incoraggiai.

Mi seguì titubante. La cantina era in penombra e ci volle un po' a mettere a fuoco le incubatrici.

«Eccole!» indicai ad Amalia le luci sotto cui stavano uova di diversa grandezza.

«Se siamo fortunati possiamo assistere a una schiusa» la voce dell'uomo si era fatta calda e suadente. Ci seguì vicino a una delle uova più grosse: «Indovinate chi c'è là dentro?». Il suo era uno spiacevole sussurro.

«Uno struzzo!» tirai a indovinare.

«No, un tipo di serpente, ma quale?» ci interrogò maliziosamente, gli angoli della sua bocca erano rivolti all'ingiù e gli occhi ora sembravano sporgenti.

«Forse... un pitone» risposi senza entusiasmo.

Quell'uomo mi stava sempre più antipatico.

«Sì, proprio un pitone!» la sua voce si era fatta ansimante, sempre più vicina come uno strano soffio, o sibilo, alle nostre spalle. «Che carini siete...» disse cominciando a fare a entrambi sgradevoli carezze. «Volete vedere lo scantinato segreto con me?»

Rimanemmo un attimo gelati dallo stupore e dal disgusto.

Poi, istintivamente, cominciammo a correre.

Prendemmo le scale lasciandoci dietro il maniaco che mugolava cose del tipo: «Bambini tornate da me, non abbiate paura...».

Facemmo a corsa il corridoio delle gabbie, poi aprii la serratura della porta a vetri, che per fortuna non dette problemi.

Appena fuori, io e Amalia corremmo verso casa come due centometristi spinti dal vento.

Solo una volta arrivati al portone riprendemmo fiato. Eravamo in salvo.

«Diego,» disse Amalia ansimando «hai notato anche tu?».

«Che cosa?»

«Uscendo, hai notato gli animali?»

Ci pensai e poi rividi la scena: gli animali nelle loro gabbie ci guardavano muti, fermi, immobili.

«È vero: c'era un silenzio assurdo quando siamo usciti... Sembravano finti».

«Parevano di plastica».

«È vero, proprio di plastica».

«Ci sono rimasti male anche loro, vero?»

«Sì, secondo me non se lo aspettavano, proprio come noi».

«Che uomo orrendo!» commentò disgustata.

«Un mostro, un pedofilo».

«Un che?»

«Pedofilo, uno che si diverte a toccare i bambini» sapevo vagamente di che cosa si trattava, per averne parlato con papà una volta che commentavamo una notizia del telegiornale.

«Ti ha fatto male con quelle manacce?» chiesi ad Amalia in ansia.

«Mi ha solo fatto venire voglia di vomitare».

«Anche a me» ammisi. «Dovevamo essere più prudenti. Hanno ragione quando dicono che non bisogna fidarsi...»

«Io l'avevo pensato che era strano quello là, ma non sapevo come dirtelo...» Amalia era triste.

«Lo dirai alla tua mamma?»

«No» risposi senza esitazione. «E tu lo dirai ai tuoi nonni?»

«Mi vergogno».

«Forse però sarebbe meglio dirlo a qualcuno...» riflettei. «Pensa se un altro bambino cade nella sua trappola, magari da solo».

«È vero» ammise Amalia. «Allora perché non lo diciamo a scuola?»

«Sì, spargiamo la voce in classe».

Ci salutammo.

Detti una sbirciata all'orologio: le due e mezza. Un'ora di ritardo. Eppure mamma non mi sgridò.

Da qualche giorno la sua vestaglia era sgualcita, i capelli in disordine, il viso stanco. Doveva avere altro per la testa.

Non sembrava più la carabiniera di un tempo. Immaginavo soffrisse per via delle mie sorelle.

Avevo perso le ultime battute degli avvenimenti familiari. Qualcosa stava succedendo, ma non sapevo esattamente cosa.

Non volevo saperlo. Quel giorno, poi, l'unica cosa che desideravo era uscire al più presto di casa e andare a tirare due calci al pallone con i miei amici, per non pensare più alla brutta esperienza.

L'indomani io e Amalia decidemmo di raccontare tutto alla nostra maestra, con la quale parlammo a ricreazione dopo averle chiesto un colloquio privato.

Ci disse che eravamo stati bravi a dirle tutto e che era meglio se raccontavamo sempre agli adulti quel che ci succedeva. Disse anche che avrebbe avvertito la polizia che si sarebbe occupata di quel tipo, che descrivemmo nei particolari.

Ci sentimmo sollevati.

Ai miei amici accennai solo qualcosa, perché quello che era successo mi aveva umiliato e non ne parlavo volentieri.

Come se non bastasse, trovammo Fanny e Triscia fermi come baccalà, totalmente implastichiti.

In silenzio io e Amalia li sistemammo accanto agli altri. Osservammo sconsolati i nostri meravigliosi animali senza vita.

La fila si allungava.

Fanny e Triscia non avrebbero più corso e avevano tutte le ragioni. Quel giorno li aveva feriti, aveva offeso la loro bellezza, la libertà. Era stata una sensazione così sgradevole, che ancora oggi, se ci ripenso, la riprovo uguale identica.

Ma fu anche una lezione che imparai.

Gli occhi addosso di certi adulti li avrei avuti ancora, in diverse occasioni, ma avevo imparato a non fidarmi e sapevo che esistevano esseri molto poco umani, invidiosi dei bambini.

Da quel giorno non sopportai più neppure che mi si pizzicassero le gote come succedeva con qualche zia affettuosa.

Non ne volli proprio più sapere.

Capitolo 6

IL SALTO DELLA TIGRE

Se la storia di Fanny e Triscia ti è parsa un po' triste, devo avvertirti che la parte che viene ora è la più tremenda, un vero pugno nello stomaco.

Sei pronta Luna?

Io mi sono preparato.

Perché la vicenda della tigre Eva non risultasse troppo amara, ho cercato di pescare il ricordo migliore legato a questo nostro animaletto.

Non è stato difficile, ce n'è uno meraviglioso.

Vedi?

Anche tua madre sorride. Il solo pensiero la mette di buon umore.

Ascolta.

Tra i programmi televisivi per bambini, uno era mitico per noi: la saga di Sandokan e dei pirati della Malesia.

Gli ingredienti erano: avventura, coraggio, luoghi esotici, foresta pluviale, un mondo libero e avventuroso, abbordaggi in mare, battaglie navali e pirati dalle bandane colorate e dai riccioli ribelli.

La nostra infanzia ha avuto per colonna sonora la sigla di Sandokan: *"Sale e scende la marea..."*

Il protagonista era il capo dei pirati di Mompracem e le sue gesta si svolgevano in mare, sul galeone che sbandierava il vessillo con il teschio. Era uno splendido attore dagli occhi verdi e dalla pelle scura a interpretare l'eroe che Salgari aveva descritto nei suoi romanzi: "la tigre di Mompracem", l'uomo forte, coraggioso e a tratti feroce, ma anche giusto, tenero e, all'occorrenza, impareggiabile romantico.

In una scena indimenticabile, il pirata si batteva nella foresta con un'enorme tigre, armato di solo *kriss*, il famigerato pugnale indiano dalla lama ondulata, ed ecco, mi pare di rivedere ancora la mitica sequenza a rallentatore: uomo e belva saltavano per scontrarsi in aria e, subito dopo, la telecamera inquadrava i due che piombavano a terra. La tigre giaceva ferita mortalmente, mentre l'eroe atterrava illeso.

A me e ad Amalia non tornava un gran che la faccenda.

Il nostro Eva, un maschio, era un bellissimo esemplare nel suo piccolo, e la sola idea che qualcuno si divertisse a uccidere tigri ci faceva orrore. Un giorno ci fu uno scambio d'idee in proposito.

«Hai visto Sandokan ieri?» le chiesi.

«Certo! Mitico».
«E la scena con la tigre? Che ne pensi?»
«Povera bestia».
«Proprio quello che mi sono detto anch'io».
«E poi non è mica andata così».
«E come, allora?»
«Be', quello era il film di Sandokan. Bisognerebbe vedere il film della tigre» spiegò Amalia.
«Nel senso che la tigre ci racconterebbe un altro finale?»
«Proprio tutto un altro film».
«Perché non proviamo con Eva?» proposi.
Uno sguardo molto complice. Quindi con i miei soldatini di plastica, prendemmo a mettere in scena il "film della tigre", così come lo intendeva Amalia.
Naturalmente Eva recitava la parte principale e Sandokan era interpretato ora da un indiano di plastica con penne e arco, ora da un cowboy, ora da un soldato napoleonico con il cappello, o da uno della Prima guerra mondiale con la baionetta.
In pratica, funzionava così: Amalia teneva fermo Eva sul bordo del letto, carezzandolo e sussurrandogli: «Ecco Sandokan che arriva, attento!» mentre io mi preparavo a lanciare il soldatino dal bordo della sedia.
Eva, che aveva afferrato subito il senso del gioco, appena vedeva saltare l'omino di plastica, spiccava un meraviglioso salto e lo raggiungeva

per aria, proprio come nel film, afferrandolo regolarmente tra le fauci, dopo un bel ruggito. Quando atterrava, prendeva a morderlo come una furia e in pochi minuti lo aveva ridotto a una cosa informe, un povero pezzo di plastica sfilacciata in brandelli.

«Ecco il film della tigre!» urlavamo allora io e Amalia esaltati, saltando come matti.

«Povero Sandokan!»

«Povero illuso!»

«Sciocco di un pirata!»

«Vai a fare il cascamorto dalla tua Perla di Labuan!» (la bella fanciulla di cui il pirata era innamorato).

Il gioco andava avanti per pomeriggi interi.

Gli animali dello zoo sembravano gradire lo spettacolo. Si disponevano in un semicerchio, a formare il pubblico ideale di quel film, e si godevano la scena, esultando come noi, ogni volta che Eva sbranava il suo Sandokan di plastica.

Tu dirai: «Bella forza, un animale vero contro un soldato di plastica!», ma normalmente succedeva proprio il contrario: gli attori dei film erano veri e gli animali erano fantocci, o fotomontaggi.

Insomma, nessuno rendeva loro giustizia, così noi volevamo vendicarli. E poi il gioco non aveva niente di crudele in sé, era solo divertente.

Era il "film della tigre". Pareva che Eva stessa lo facesse per tutti i grossi felini del mondo cacciati vigliaccamente coi fucili.

Quando si stufava ce lo faceva capire senza tanti complimenti, ritirandosi in un angolo a farsi la toeletta con la lingua cicciona e ruvida.

Si sa come sono i felini… animali liberi, a volte capricciosi e un po' egocentrici, amano sentirsi al centro delle attenzioni, fino a che non si stufano anche di quelle.

Terribilmente affascinanti. Irresistibili.

In qualche modo mia sorella Matilde assomigliava a Eva: bella, indomita, selvaggia, ribelle, libera e gagliarda.

Irresistibile anche lei.

Che cosa c'entra Matilde?

Aspetta.

Avrai capito che l'amavo molto.

Da Matilde mi sentivo capito. Contavo su di lei, accipicchia.

Non che Adriana non mi piacesse, anzi, era tenera, premurosa. Matilde però… aveva fegato, sapeva difendere le sue idee. Era curiosa, un po' folle, a volte fanatica ma sempre entusiasta.

Adriana aveva altre doti, ma non mi registrava le cassette di Vasco Rossi, tanto per capirsi.

Ma era destino che Matilde abbandonasse me e tutti gli altri.

Una sera, verso l'una di notte, squillò il telefono e papà andò a rispondere. Dopo poco cacciò un urlo disumano, che assomigliava al ruggito della tigre, ma anche all'ululato del lupo.

La mamma saltò dal letto, io e Adriana saltammo dal letto: papà gemeva come una bestia ferita sopraffatto dal dolore.

Ci volle un po' a capire cosa era successo, ma poi fu chiaro: Matilde era in un ospedale di Bologna. Aveva perso la vita in un terribile incidente d'auto, insieme a due suoi amici.

Una cappa di dolore avvolse la nostra famiglia. Io, che avevo appena cominciato la quinta, rimasi per due settimane senza andare a scuola e senza quasi mettere il naso fuori. Mi avvolgevo nei maglioni di Matilde e cercavo di sentire il suo profumo, mi coccolavo la cassetta di Vasco Rossi e tutte le cose che me la ricordavano. Guardavo le sue foto, per essere certo che fosse stata con noi quasi venti lunghi anni.

È strano quando perdi una persona: la mente ha bisogno di calmarsi, di riposarsi, adagiarsi sulle cose che te la fanno sentire ancora presente.

Mamma dimagrì e diventò piccola, come una bambina, papà invecchiò: i suoi baffi si fecero bianchi come lana bianca, la sua faccia si riempì di rughe.

Adriana era sconvolta, provatissima.

E io?

Credo che per un bel po' di tempo mi sentii come se un mago del dolore si fosse impadronito di me, come se non potesse più succedere niente di bello, di buono, i fiori mai più spuntare a primavera, il sole splendere, un gabbiano volare, un'onda infrangersi sulla riva.

Mi guardavo intorno, vedevo tutta la gente viva e pensavo che lei invece no, non lo era più. Non mi sembrava giusto, non poteva essere neppure vero.

Quando Amalia seppe di Matilde salì a cercarmi, pianse con me, quasi fosse stata anche sua sorella, come se la cassetta di Vasco Rossi l'avesse regalata anche a lei.

Amalia fu l'unica vera, grande consolatrice, che mi aiutò a ritrovare, dietro quel velo di grigio, i miei colori. Ed ebbe tanta pazienza, mi stette vicino, mi venne a trovare ogni giorno, mi portò i compiti... mentre Giacomo e Federico si limitarono a dire qualche frase di circostanza con la faccia tutta tesa in un'espressione che conoscevo benissimo e che poteva significare solo "povero sfigato".

No, non mi sentivo solo sfigato.

Io ero disperato.

Ancora oggi, se penso alle sensazioni di allora, vacillo, poi però rivedo Amalia che mi consola e per me è come se si riaprisse il cielo, le nuvole fanno posto a un raggio di sole, la luce filtra.

Da quel giorno mamma non fu più mia nemica, anzi, mi fece tenerezza, perché il suo viso era quello di una bambina da proteggere. Smisi di giudicarla. Tutti, anche lei, potevano scomparire da un momento all'altro e ora sapevo che era una cosa bruttissima, ma possibile.

Ogni membro della mia famiglia sopravvissuto a quel giorno diventò terribilmente importante: loro no, non dovevano lasciarmi.

Il tempo passò, l'autunno passò, l'inverno passò. Tornammo tutti a vivere e anche a sorridere. Ma qualcosa di irreparabile era successo con l'addio di Matilde.

Niente fu più come prima.

La vita sarebbe andata avanti, diversa da come me l'ero immaginata, tutta senza Matilde, con un enorme vuoto, un grande buco su cui pendeva un disadorno cartello con su scritto il suo nome.

La sensibile, generosa Amalia, la mia amica, aspettò molto tempo a dirmi che Eva era fermo sulla sua mensola carica di astronomia, come un'immobile tigre di plastica.

Lo seppi dopo mesi.

Il pensiero dello zoo non mi sfiorò neppure in quel periodo. Non si può pensare a qualcosa che è l'immagine della gioia in momenti così tristi.

Quando seppi di Eva, fu come aggiungere una goccia di tristezza a una brocca già piena, ma fu comunque un colpo.

Solo intorno a Natale riuscii a scendere da Amalia per tornare a giocare con i nostri animali. Quello era pur sempre il nostro magico zoo, quella era pur sempre la mia infanzia e Amalia era la mia grande, insostituibile amica.

Capitolo 7

L'ULTIMA CORSA DELLO STRUZZO

Luna ti vedo preoccupata... Che succede? Dovevo immaginarlo. È normale, accusi il colpo.

Che storia triste sta diventando questa, eh? Non ci posso fare niente. Le cose sono andate così. Credo sia nella natura di alcune storie fare questo effetto.

Ma è il finale che conta. Con la nostra occorre pazienza: va ascoltata fino in fondo.

Che facciamo, andiamo avanti? Te la senti?

È il turno dello struzzo Gastone, come sai, una femmina.

Ci faceva tanto ridere. A dispetto del collo dritto, il becco all'insù e il portamento da gran dama, era soggetta a continui imprevisti: scivoloni a spaccata con svolazzo di piume per la stanza; slittate in *dérapage*, ruzzoloni con capriole multiple...

Cominciammo a pensare che la nostra femmina di struzzo fosse un po' miope, che ci vedesse appena quel che le bastava a distinguere la stazza dell'elefante Lollo, la sua ossessione. Viveva per lui, non vedeva che lui: una di quelle cotte che non danno tregua.

Lollo, che ogni tanto si stufava delle manfrine di Gastone, la prendeva a proboscidate nel sedere. Come coppia, devo dire, sfioravano il ridicolo: uno solitario, calmo, paziente, l'altra rumorosa, goffa e starnazzante.

Eppure si capivano.

Tutte le volte che rimettevamo gli animali nella fatidica scatola lo struzzo, non volendo separarsi dall'elefante, andava a infilare la testa in qualche pertugio.

Un gesto commovente, povera Gastone! Per via della sua sola testolina spelacchiata infilata in un anfratto, era sicura che tutto il mondo fosse al buio. Una tale ingenuità...

Amalia si avvicinava piano al suo didietro che sporgeva goffo e, senza toccarla, gli sussurrava dolcemente: «Gastoooneeee... Gastoncinaaaaa. Vieni fuori cariiinaaa?».

Dopo un po' l'animale ritraeva la testa dal pertugio e ci fissava con certi occhi... con dentro la domanda: "Come fate, tutte le volte, a trovarmi?".

Si guardava intorno e, sicura di non vedere più Lollo a giro, in tre saltelli lo raggiungeva nella scatola, al sicuro.

Il coperchio di cartone si richiudeva sul suo sguardo, su quegli occhi di struzzo strabuzzanti.

Anche Gastone finì per allungare la fila degli animali sulla mensola, ferma nella sua ultima posa, assurda e irreale: il collo in avanti, una zampa all'indietro, le ali semiaperte, il becco spalancato, come uno che sta tagliando il traguardo al *fotofinish.* Una posa ridicola, che però non ci ha fatto mai ridere.

Oggi Gastone la vedi ricomposta, non so se hai fatto caso: la bocca è chiusa, la zampa poggia a terra, le ali sono ancora aperte, ma di poco, il collo è in avanti, ma solo lievemente. Negli anni è stato come se avesse recuperato la sua postura. Probabilmente anche nella sua immobilità di plastica, qualche piccolo, lento, minuscolo movimento le è stato possibile.

O forse, chissà, in qualche momento si è perfino riscossa e rianimata, senza che nessuno potesse assistere al miracolo.

Ma ora tu vuoi sapere perché e quando si fermò la nostra Gastone. Successe al rientro dalla nostra ultima gara ai *"Giochi della Gioventù"*, quella di quinta elementare.

In occasione di queste gare, alcune *ombre* potevano vivere i loro cinque minuti di gloria. Anche tra gli "invisibili" si nascondevano, infatti, insospettabili atleti.

Era il caso di tua madre: una piccola promessa dei cento metri. Quel che non le riusciva nuotando, lo faceva correndo. In cinque anni si era sempre piazzata tra i primi tre e aveva vinto anche le gare a ostacoli e la staffetta. Saltava come una cavalletta, leggera, precisa, agile.

Quell'anno era arrivata alle gare più che mai determinata a vincere.

Pochi giorni prima, rossa come un pomodoro, mi aveva anche confessato: «Diego, credo di essere innamorata!».

«Davvero? Hai tradito le stelle?» ridacchiai. «E di chi?»

«Leonardo Trevigiani».

«Nooo!» tutti mi sarei aspettato fuorché il cocco delle maestre.

«Non ti piace Leonardo?» chiese notando la mia espressione delusa.

«Be', deve piacere a te» tagliai corto.

«Che cosa ci posso fare? Tutte le volte che lo vedo mi tremano le gambe» confessò.

«Capisco».

Sapevo che difficilmente un tipo come Leonardo avrebbe ricambiato Amalia, ma avevo sottovalutato di quali bassezze fosse capace il signorino Trevigiani.

Leonardo aveva una cugina, tale Daniela, in quinta D, che partecipava ai giochi nei cento metri insieme ad altre sette bambine, tra le quali Amalia. Seduti sugli spalti c'erano i genitori di Daniela, che voleva sopra a ogni cosa vincere la gara per far bella figura davanti a loro.

Leonardo approfittò del debole che Amalia

aveva per lui per farsi promettere, proprio quando già si stavano allineando sulla linea dello *start*, che avrebbe lasciato vincere la cugina.

Colta di sorpresa dall'assurda richiesta, Amalia fece a Leonardo un cenno come dire: "Vabbè...", ma senza crederci troppo.

Daniela si posizionò accanto ad Amalia. Era una tipa alta e piuttosto pesante, correva male e non aveva alcuna possibilità di vincere. Fischiarono la partenza, le bambine scattarono. Amalia valutò dopo un attimo la situazione.

Quando capì che per Daniela non c'era alcuna chance di vittoria, mise le ali ai piedi e, tuffandosi in avanti sulla linea di arrivo, riuscì a recuperare lo scatto perduto e a vincere la gara.

Grande Amalia! Veloce come lo struzzo.

La corsa fu vinta tre volte da Amalia perché per tre volte fu ripetuta per per via delle contestazioni sulla partenza mosse dai genitori di Daniela, che non si rassegnavano a veder perdere la figlia. Questa si piazzò appena terzultima e si rifugiò delusa tra le braccia della madre.

Leonardo invece se la rifece con Amalia. L'avvicinò mentre stava ancora riprendendo fiato: «Sei una cretina, ti avevo detto di far vincere mia cugina».

«Non potevo, c'erano tutte le altre» cercò di spiegare Amalia.

«Non importa, tu però non dovevi vincere».

«E perché?»

«Perché quelle come te non devono vincere le gare» spiegò Leonardo. «E poi perché te l'avevo detto io» concluse.

In quel momento arrivò il padre di Daniela, un ciccione tutto occhiali, faccia tonda e cranio pelato, che squadrò la mia amica dalla testa ai piedi con l'aria di chi guarda un insetto curioso.

«Vediamo un po' questa piccola campionessa, me la presenti?»

«Si chiama Amalia» biascicò Leonardo.

«Molto piacere, sono il papà di Daniela» si piegò per osservarla da vicino. «Ti piace vincere? Brava, brava».

Amalia taceva.

«Certo che sei magrina...» considerò il ciccione tenendosi una mano sul mento. «E anche piuttosto bruttina con quel naso e i denti storti. Oh! Pardon... Mi è proprio sfuggito! Non te ne avere a male...»

Per Amalia era l'ennesima umiliazione.

«Mi lascia in pace ora?» trovò la forza di rispondere, trattenendo la rabbia.

«Non vorrei averti ferito... Casomai dillo, eh? Possiamo sempre rimediare con un gelato».

Amalia rimase senza parole. Il papà di Daniela girò i tacchi e tornò da sua figlia, trotterellando soddisfatto.

Le rimase davanti Leonardo, il bambino per cui stravedeva. Considerò amaramente che quella era anche la prima volta che lui si degnava di parlarle. Amalia non poteva credere che fosse così antipatico.

«In ogni caso tua cugina non avrebbe vinto» farfugliò.

«Non sono affari tuoi».

«Ma che c'entro io se non sa correre?»

«Se tu perdevi era comunque meglio».

«Ma perché?»

«Il perché lo so io». Leonardo stava per andarsene, ma poi ci ripensò e aggiunse: «Mi hanno detto che ti piaccio, ma a me non piaci per niente. Hai capito?» alzò il tono sull'ultima domanda, che diventò quasi una minaccia.

Amalia si diresse mesta verso l'angolo del piccolo stadio dove avevamo posato le borse e i giubbotti. Mi incrociò mentre mi preparavo alla corsa di resistenza e facevo il riscaldamento con il maestro di ginnastica. Aveva gli occhi umidi.

«Amalia!»

Mi rispose con un cenno.

«Com'è andata?»

«Ho vinto!» rispose. «Ho vinto per tre volte».

«Brava!» esclamai, a dispetto dell'occhiataccia di Federico. «Bravissima!» ripetei alzando la voce.

Le spuntò un mezzo sorriso. Guardai in direzione della pista. Leonardo era lì in pedi con le braccia incrociate e ci fissava con odio.

Capii che doveva esser successo qualcosa: «Bravissima!» ripetei per la terza volta, quasi urlando.

Amalia rise.

Ma non riuscii a consolarla davvero. Del resto lo sapevo: quel tipo di delusione è un boccone amaro, piuttosto difficile da digerire.

Non lo digerì neppure Gastone, che rimase congelata in quella strana postura, tutto sbilanciato in avanti sulle sue zampone.

Increduli, io e Amalia ce la rigirammo rigida tra le mani.

Anche Lollo accusò il colpo.

Io, che per l'elefante stravedevo, dovetti dedicarmi a lui per giorni e giorni. E, credimi Luna, è difficilissimo consolare un elefante triste, per quanta buona volontà tu ci metta.

Gli elefanti sono animali misteriosi. Paiono così ben corazzati, dentro la loro pelle rugosa, ma sono fragili, ipersensibili, vulnerabili. Esseri dalla memoria prodigiosa, proverbiale.

Credi che sia stato facile far dimenticare a un elefante innamorato una tipa esuberante come Gastone?

Capitolo 8

CHI TRADÌ LA SCIMMIA E L'ORSA

Nella scatola di Amalia rimanevano in pochi adesso: la scimmia Erik e l'orsa Piero, l'oca Yumi, il delfino Malibù, la testuggine Dodù e l'elefante Lollo. Anche se avevamo perso tutti gli altri, lo zoo di plastica continuava a essere il nostro appuntamento fisso.

Da quando i nostri animali erano diminuiti era sempre più evidente che Erik e Piero non andavano troppo d'accordo.

L'orsa chiedeva solo di essere lasciata in pace a sgranocchiare il suo grissino imbevuto di miele, a sonnecchiare in un angolo del letto, o a scaldare le ginocchia di Amalia, e non sopportava i gridi striduli, i salti, le corse improvvise, l'agitazione e il movimento della scimmia che, da parte sua, pareva far di tutto per infastidirla.

I due avevano comunque qualcosa in comune: erano femmine ed erano due mammiferi meravigliosamente pelosi.

Hai idea di come siano teneri e caldi una

scimmia e un'orsa in miniatura? Immagina due peluche, riduci le dimensioni e poi dai loro vita: veri concentrati di morbidezza, teneri esserini dall'abbraccio irresistibile, un po' come il cucciolo Mugi.

Erano passati quasi tre anni da quando il koala si era fermato, e nessuno di noi lo aveva dimenticato. L'orsa Piero, come prendeva vita, gettava uno sguardo languido alla mensola, là dove ora stavano in fila ben otto animali di plastica: leone, koala, giraffa, pecora, cavallo, zebra, tigre e struzzo.

Mi chiedo se riesci a vedere con l'immaginazione una scimmietta e una piccola orsa vive. Perché, a volte, non so se rendo l'idea di come fosse fantastico, meraviglioso, stupefacente, esaltante e magico il nostro zoo.

Ad esempio, prova a immaginare questa scena: io che stendo la mano e divarico le prime tre dita, pollice indice e medio, Erik che spicca un salto, la mia mano che diventa la sua altalena. La scimmietta rimane sospesa e dondola tra le mie dita, su e giù, fino a che, approfittando della giusta oscillazione, inanella la coda al pollice per spiccare il salto come da un trampolino: due giravolte per aria ed eccola che capitombola a pancia in giù sul letto, gridando come una matta.

Era proprio con questo tipo di giochi che mettevamo a dura prova la pazienza di Piero. L'orsa non risparmiava zampate ad artigli tesi.

Per fortuna Erik aveva i riflessi pronti, altrimenti avremmo dovuto attivare un Pronto Soccorso e avrei fatto la mia prima esperienza da veterinario. Fortunatamente non ce ne fu mai bisogno.

Orsa e scimmia si trovarono comunque d'accordo su una cosa molto importante: il momento in cui fermarsi.

Avvenne in circostanze piuttosto gravi. Quella volta l'avevamo combinata davvero grossa.

«Che noia!» sbottò un pomeriggio Giacomo, mentre procedevamo a passo stanco verso la spiaggia. «Avessimo almeno quelle sudicie cinquemila lire per l' *"Hockey su ghiaccio"*...»

Alludeva al nostro primitivo videogioco, alimentato a "cartucce". Da poco era in commercio l'ultima versione.

«Ci sarebbe un modo di trovare quei soldi» se ne uscì Federico.

«E come?» chiedemmo io e Giacomo increduli.

«Mio fratello mi ha promesso proprio cinquemila lire per un favore».

«Cinquemila lire?» ripetemmo in coro noi altri. Ci parevano un'enormità per un favore.

«Sì. Per portare una cosa a un suo amico, un pacco» spiegò. «Ha insistito tanto...»

«E che aspettiamo?» chiese Giacomo.

Federico ci pensò su un attimo, poi disse: «Va bene, allora andiamo! Passiamo da Enzo a prendere questo pacco».

Il fratello di Federico aveva più di vent'anni e viveva in un appartamento in centro. Suonammo il campanello e ci aprì una ragazza carina con i capelli rossi e una sigaretta storta in bocca.

«Sì?»

«Sono Federico, il fratello di Enzo. È in casa?»

Ci fece entrare e chiuse la porta con tre mandate. Il piccolo appartamento era immerso in una specie di nube, c'erano altre quattro persone, tipi magri, con gli sguardi sfuggenti. Tutti fumavano, leggevano i giornali, bevevano.

«Che fate qua voi?» ci accolse Enzo.

«Sono venuto per il pacco» spiegò Federico.

«Mmhmm... Ma i tuoi amici sono fidati?»

«Fidatissimi. Che credi?»

«Ok. Aspettate qui, vado a prepararlo» fece cenno alla ragazza che lo seguì.

Rimanemmo a guardarci intorno.

L'ambiente era soffocante. C'era qualcosa di irreale là dentro... Come se la nube fosse più densa del fumo.

Enzo tornò con in mano un pacchetto di medie dimensioni chiuso con carta gialla da salumiere e spago.

«Eccolo. Come lo portate?» mostrò a Federico l'indirizzo su un foglietto.

In mano aveva il pezzo da cinquemila lire. Ci brillarono gli occhi. Non eravamo abituati a maneggiare i soldi.

«È lontano, sul lungomare» disse Federico

commentando l'indirizzo sul foglietto. «Possiamo andarci solo in bici».

«E dove lo metterai il pacco?» lo interrogò Enzo.

«Nel cestino della bici» propose il mio amico.

«Non se ne parla nemmeno». Enzo si rimise i soldi in tasca.

«Dimmelo tu, allora».

«Lo tieni nella cartella dietro la schiena, ok? Siamo intesi?»

«Va bene, capo».

«Fammi sapere quando hai consegnato. Torna qua e conferma».

«Ti telefono quando sono a casa».

«No, non telefonarmi, torna da me, hai capito?» Enzo fissò gli occhi in quelli del fratello, poi gli allungò il pezzo da cinquemila, che Federico mise subito al sicuro nella tasca del giubbotto.

«Sì, capo!»

La rossa ci scortò all'uscita. Enzo si affacciò mentre stava già chiudendo la porta dietro di noi, gridando: «Federico!».

«Sì?»

«Che non ti venga in mente, per nessuna ragione, di aprire il pacco, intesi? Mi fido di te».

«Intesi, capo!»

Facemmo un po' di strada a piedi, soppesando a turno il famoso pacco. Non era enorme, ma pesantino. Ci separammo per recuperare le bici e dopo venti minuti eravamo pronti per la missione.

Dopo un po' che pedalavamo su un'interminabile pista ciclabile sul lungomare, Federico ci fece segno che doveva fermarsi. Si sfilò la cartella e la mise nel cestino sbuffando: «Io con questa sulle spalle non ci riesco proprio, a pedalare!».

Poco dopo, mentre sfrecciavamo sulla ciclabile, ecco che successe l'irreparabile: un'altra bicicletta guidata da un vecchietto ci tagliò la strada a un incrocio e finimmo tutti e tre a terra, uno sull'altro.

L'uomo, l'unico ancora in sella, prese a scusarsi: «Mi dispiace ragazzi, mi dispiace» piagnucolava riassettandosi gli occhiali. Ci aiutò a rialzarci dal groviglio che avevamo formato. «Vi siete fatti male?»

Per fortuna niente di grave, solo qualche livido. Le bici si erano ammaccate e il manubrio della mia si era storto.

L'anziano signore ci stava aiutando a sistemare i nostri mezzi, quando girai la testa verso l'incrocio di ciclabili che avevamo appena passato e vidi la cartella di Federico aperta e il pacco di Enzo a terra, così mi affrettai a indicarlo al mio amico.

«Mer...!» Federico si precipitò a recuperarlo, ma, un attimo prima che riuscisse ad afferrarlo, un'altra bici saettò davanti al suo naso a una velocità pazzesca e investì il pacco in pieno, scaraventandolo contro il tronco di un albero tra una siepe e un'aiuola di tulipani. La carta da pacchi cedette e, da una parte, spuntò un angolo di qualcosa di duro e compatto che pareva avvolto più volte nella pellicola trasparente.

La gente intanto si era avvicinata e faceva capannello intorno a noi. Era stata una caduta spettacolare e molti si stupivano che fossimo tutti interi. Qualcuno si avvicinò a me e Federico, mentre stavamo ispezionando, incuriositi, il fatidico pacco di suo fratello.

«State bene?» ci chiese premuroso un signore.

«Sssì» Federico nascose prontamente le mani dietro la schiena.

«Sono un dottore, ora controllo che non vi siate fatti male. Avete battuto la testa?»

Feci cenno di no, l'uomo mi tastò il polso e mi esaminò brevemente braccia e gambe. Poi lo vidi avvicinarsi a Federico.

Troppo tardi. Aveva visto il pacco che nascondeva dietro la schiena.

«Che cosa è quello? Dai qui, a me».

Se lo fece consegnare e quindi, con l'espressione severa e molto preoccupata, ci chiese se ne sapevamo qualcosa.

Di lì a poco arrivarono le volanti della polizia.

I poliziotti recuperarono il pacco toccandolo con i guanti di lattice e ci interrogarono brevemente. La faccenda pareva estremamente seria. Non riuscivo a capire che cosa li preoccupasse tanto, in quell'involto di carta gialla.

Federico e Giacomo raccontarono di averlo visto per la prima volta lì sotto l'albero dopo l'incidente. Giurarono e spergiurarono di non saperne niente. Io rimasi zitto perché non sapevo proprio che cosa dire.

I poliziotti chiesero il nostro indirizzo e numero di telefono, come quello di tutti i presenti.

Sulla via del ritorno, quando fummo a distanza di sicurezza, Federico sfogò la sua rabbia: «È pazzo! Pazzo! Ho sempre saputo che ho un fratello pazzo!» gesticolava e imprecava. «E tu, Diego! Come ti è saltato in mente di aprire il pacco?»

«Stai scherzando spero! Non l'ho aperto io, si è sfasciato dopo il botto con quella bici, lo sai benissimo, lo abbiamo raccolto insieme. Poi è arrivato quel tipo, quel dottore…»

«Non è vero! L'hai aperto tu! Eri curioso marcio, così hai approfittato della confusione!» Federico pareva fuori di sé e mi fissava cattivo.

«Ma che dici? Fino a oggi neppure lo sapevo che avevi un fratello» mi difesi.

«Se scopro che hai raccontato qualcosa alla polizia te ne pentirai, sai? Te la vedrai con Enzo e la sua banda» ringhiò.

«Sarà bene che intanto tu gli dica del pacco» suggerì allora Giacomo.

«Taci, tu!» lo rimbeccò, poi rivolto a me: «Vigliacco! Sei rimasto zitto e quelli non se la sono bevuta che non sapevamo niente».

«Ma cosa dovevo dire?» provai a difendermi.
«Dovevi giurare anche tu come noi che era la prima volta che lo vedevi quel maledetto pacco. E invece no... tu vuoi incastrarci tutti e due, me e mio fratello, vero?» alla fine mi aggredì a pugni chiusi, come si preparava a fare già da un pezzo.

Non ebbi la forza di reagire, ero scioccato.
Perché Federico aveva deciso di rifarsela con me? Che c'entravo io?
Fino a un momento prima, insieme a Giacomo, quello era il mio migliore amico, stavamo compiendo una missione, avevamo guadagnato cinquemila lire e ci saremmo comprati la cartuccia dell' "*Hockey su ghiaccio*".
Ora mi stava prendendo a calci e a pugni.
Quando Giacomo riuscì a calmarlo, mi usciva sangue dal naso, come quel giorno con Robertone.
Montai in bici e scappai, pedalando più veloce del vento.

Nessuno, per fortuna, mi vide rientrare a casa. Ebbi il tempo di fermare l'emorragia, lavarmi il viso e cambiarmi la maglietta.
Pensavo che la brutta avventura si fosse chiusa così, con la momentanea follia di Federico. Di sicuro sarebbe tornato in sé.
Invece ci furono conseguenze ben peggiori.
La polizia chiamò a casa e parlò con papà che,

prima di portarmi in commissariato per l'interrogatorio, volle sapere per filo e per segno che cosa era successo.

Raccontai tutto e mi consigliò di non fare parola con gli agenti del fratello di Federico, se non volevo mettere nei guai la famiglia Zani.

«Ma si può sapere almeno che cosa c'era in quel pacco?» chiesi.

«Mmmm... c'era... be', insomma era... una cosa che si fuma per stordirsi, robaccia proibita dalla legge e molto pericolosa per la salute».

«Droga?» chiesi io, che mi ero fatto un'idea di cosa fosse dalle notizie sbirciate al Tg all'ora di cena. «Ma allora... non devo dire alla polizia che ce l'aveva Enzo?»

Papà si adombrò: «Questa storia ti serva da lezione. Non si accettano da nessuno "missioni" che abbiano a che fare con pacchi di cui non si conosce il contenuto».

«Ma come facevamo a immaginarci una cosa del genere?»

«Be', ora almeno lo sai, ci sono ragazzi che si lasciano tirare dentro da traffici poco puliti. Purtroppo sono errori che prima o dopo pagheranno duramente».

«In carcere?»

«Sì, per queste cose c'è il carcere, ma prima c'è un processo, gli avvocati... Problemi giganti, pensieri che a un padre non fanno più dormire sonni tranquilli... capisci cosa voglio dire?»

«Pensi al papà di Federico, vero?»

«Già».

«Ma, papà, Enzo continuerà a fare queste cose, allora? Manderà pacchi pieni di droga in giro per la città?»

Papà tacque e abbassò gli occhi, lo vedevo che era in difficoltà e non sapeva che cosa dirmi. «Non lo so Diego, spero tanto di no».

«Enzo è drogato?» chiesi a quel punto.

«Forse, ma non lo so».

«Sono felice, comunque, che abbia perso il suo pacco» sospirai. «Però forse bisognerebbe dirlo alla polizia che Enzo è drogato, così potrebbe curarsi e guarire».

Mi fissò sbigottito, nel suo sguardo passò un'ombra strana e indefinibile.

Conosceva il padre di Federico ed era combattuto. Forse avrebbe voluto dirmi "racconta la verità", ma non voleva mettere nei guai la famiglia Zani.

«Papà, sai che cosa facciamo? Lo diciamo direttamente a Enzo di non essere più un drogato, di non pensarci nemmeno a drogarsi» dissi, sicuro di aver trovato la soluzione. «È a lui che dobbiamo dirlo, non alla polizia!»

«Diego, tu sei un bravo ragazzo... ma queste sono situazioni complesse...» serrò i denti.

«Papà, non ti preoccupare. Ho capito. So io che cosa devo fare in commissariato».

«Non devi mentire, le bugie complicano tutto».

«Dirò solo cose vere. Fidati».

In realtà non sapevo cosa avrei detto alla polizia, ma avevo visto papà in seria difficoltà per quella risposta difficile che non riusciva a darmi, perciò volevo rassicurarlo.

Il giorno dopo mi accompagnò al commissariato. L'agente mi fece solo qualche domanda sull'incidente e sul vecchietto della bici, prendendo appunti sulle mie risposte. Non mi chiesero di Enzo. Probabilmente non era uscito fuori il suo nome.

Mi sentii sollevato, dunque non era stato ancora scoperto: Federico non poteva più accusarmi di voler incastrare suo fratello.

Non sarei stato io a denunciarlo, ci avrebbe pensato qualche anno dopo la ragazza dai capelli rossi che avevamo conosciuto a casa sua.

Si sarebbe fatto dodici anni di carcere, ma questa è un'altra storia.

Tornando a scuola, appena vidi arrivare Federico, entrai in classe di corsa. Cambiai banco e mi misi accanto a Francesco.

Era appena novembre e fino a giugno ci saremmo visti a scuola tutti i giorni, ma la nostra amicizia si era incrinata. Lo sapevo. Avevamo perso la fiducia uno nell'altro.

A ben vedere quella era stata solo la logica conclusione.

Tutto era cominciato quel giorno a casa di Amalia. Sapevo che le cose prima o poi sarebbero andate così.

L'ultimo sguardo complice che ci scambiammo io e Federico fu il giorno in cui la maestra spiegò il significato della parola "omertà".

«Omertà è quando si sa benissimo chi è che ha fatto una cosa sbagliata o del male a qualcuno, ma non lo si dice; quando si tace per paura che quello si vendichi o anche perché si tratta di un amico che vuoi coprire. In questo modo si impedisce alla giustizia e alla legge di fare il loro corso, di combattere la criminalità. Ecco cosa vuol dire essere omertosi».

«Ma quindi, in teoria,» chiese a quel punto la Diletta Fiore con una punta d'incredulità «per non essere omertosa, dovrei fare la spia di continuo e raccontare alle maestre tutte le cose che succedono tra noi in classe, per esempio tutte le volte che qualcuno offende qualcun altro».

«In teoria sì, soprattutto se ti viene chiesto di testimoniare su un fatto» spiegò pazientemente la maestra. «Ammettiamo che sparisca qualcosa, ad esempio un orologio, e che tu sappia bene chi l'ha fatto sparire; ammettiamo che un tuo compagno sia disperato per il suo orologio sparito, ecco, se non dici quello che sai e non riveli chi l'ha preso, allora sei omertosa».

«Ma a fare la spia che cosa si guadagna?» chiese quindi Giacomo.

«Non è una questione di "che cosa si guadagna", ma di "verità": la verità va detta, anche solo perché ti libera, ti lascia senza rimorsi, non devi nasconderti, non temi niente. Le menzogne, o le verità non dette, al contrario, sono sempre pericolose: portano guai e fanno stare male».

«A me pare che in certi casi sia proprio la verità a tirarti addosso un mare di guai» azzardò Tonino Bacci accigliato. «Metti il caso che quello che ha rubato l'orologio sia più grosso di te, è sicuro che dopo verrà a menarti».

La maestra lo fissò perplessa: «C'è gente che sarebbe disposta a tutto, anche a rischiare la vita, pur di essere libero di dire ciò che è giusto e vero e, d'altra parte, c'è gente che non vuole rischiare niente e rimane omertosa...». Si affrettò a quel punto a cambiare argomento: «E adesso prendete la *Grammatica* a pagina 36».

Non so dirti che cosa decisi dentro di me quel giorno, se fosse preferibile essere degli spioni o degli omertosi, ma quando il Bacci aveva mosso le sue obiezioni, il mio sguardo aveva cercato quello di Federico.

In fondo condividevamo ancora qualcosa: il segreto riguardo a suo fratello.

Non era molto e non bastò a salvare la nostra amicizia.

Il giorno dopo la storia del pacco di Enzo, quando scesi da Amalia e seppi che la scimmia e l'orsa si erano fermati, la trovai stralunata. Proprio non riusciva a capire. Non che le altre volte le risultasse chiaro perché gli animaletti smettessero di vivere, ma questa volta la mia amica non aveva elementi su cui riflettere.

«Diego, ho paura che i nostri amici abbiano deciso di abbandonarci tutti quanti...» disse sconsolata.

«Amalia, c'è qualcosa che dovresti sapere».

Sapevo che mi potevo fidare al cento per cento e le raccontai tutto quello che era successo, di papà e dell'interrogatorio, di come non sapesse dirmi quel che dovevo fare al Commissariato di Polizia.

Lei mi ascoltò a bocca aperta, tenendo stretti nella mano la scimmia e l'orsa, freddi e immobili. Alla fine del racconto mi porse la scimmia solennemente.

La seguii.

L'oca e l'elefante ci guardavano da terra, la testuggine e il delfino da dentro la bacinella. Improvvisammo una specie di sacra processione, tenendo i nostri animali sul palmo delle mani in alto e, con atteggiamento solenne, li sistemammo in coda alla fila, accanto allo struzzo, mentre con il cuore a pezzi contemplavamo i nostri tesori perduti.

Addio Erik, addio Piero, da quel giorno smetteste di infastidirvi a vicenda, ma anche di giocare con noi, di regalarci teneri abbracci, acrobazie da circo, rumorosi litigi e buffe sfuriate.

Voi non c'entravate niente con strani pacchi e giri loschi, non conoscevate il significato della parola omertà e non poteva riguardarvi, non vi chiedevate che cosa fosse giusto dire o non dire davanti a una scomoda verità, ma soprattutto non avevate maestre che parlavano in un modo e padri che vi suggerivano di agire in un altro.

Chiaro che quel pasticcio non dovesse proprio piacervi.

Capitolo 9

LA CORAZZA DELLA TESTUGGINE

Da quando lo zoo si era così ridotto, la testuggine Dodù aveva le attenzioni che prima non riusciva a conquistarsi. Un po' come succede con le tartarughe da giardino: si osservano di tanto in tanto, ma poi ci si scorda di loro, perché immerse in un tempo lento, diverso dal nostro.

Dodù aveva occhietti intelligenti, si muoveva lenta, scrutando d'intorno. Era un po' goffa, ma ogni suo passo aveva un senso, uno scopo e una meta.

Fosse una foglia d'insalata vecchia e rinsecchita dimenticata in un angolo della stanza, un calzino di Amalia sotto il quale sperava di trovare rifugio, un po' di terra in un vaso dove depositare gli scarti dell'ultimo pasto… la tartaruga sapeva come usare le sue energie, come indirizzare i suoi sforzi e come difendersi, o anche solo isolarsi, dentro la sua corazza.

Mi stupiva che Dodù fosse tra gli animali che avevano resistito all'epidemia di immobilità che si stava diffondendo nello zoo e a volte la studiavo per capirne il segreto.

Non era difficile, in fondo.

Stava tutto nella corazza.

Cosa doveva temere Dodù, protetta da quel meraviglioso scudo?

Per quanto piccola, se la prendevi in mano sentivi tutto il potere del carapace duro, dentro al quale si rifugiava a ogni rumore minaccioso, o movimento sospetto.

Non a caso la "testuggine" era anche un'antica macchina da guerra, una formazione di difesa tra le schiere dei soldati romani.

Ma allora che cosa riuscì a penetrare la sua corazza, ad arrivare al cuore e a fare centro, nonostante tutto?

Dodù si fermò uno degli ultimi giorni d'inverno della quinta elementare.

Fu Amalia ad accorgersene. Stavamo giocando con il delfino, quando la mia amica cacciò un urlo, indicando la testuggine immobile vicino alla scatola di cartone.

«Non sarà mica...» mi avvicinai e la presi da terra osservandola da vicino.

«Ferma» concluse Amalia.

«No!»

«Sì!»

«Ma che cavolo...?» ero soprattutto incredulo.

Amalia taceva.

«È successo qualcosa?» chiesi.

Amalia continuava a tacere.

«Mi vuoi raccontare?»

«Be'... sì e no. Mi vergogno. È stato così imbarazzante» temporeggiava.

Notai solo allora che indossava un berretto di lana, nonostante fossimo in casa. Come si accorse che osservavo la sua testa, si sfilò il berretto e abbassò gli occhi imbarazzata.

Rapata a zero.

«Accidenti, però...!» non sapevo come commentare.

Capelli a spazzola, cortissimi, praticamente una peluria fitta.

Non che Amalia li portasse molto lunghi, ma quella rapa era davvero un taglio ardito per chiunque.

Pareva un pulcino, ancora più piccola e spersa in questo strano mondo.

«Chi ti ha rapato così?»

«Il parrucchiere».

«Ma non avrà esagerato?» buttai lì. «Erano carini, i tuoi capelli».

«Avevo i pidocchi» confessò senza tanti giri di parole. «Molti pidocchi. A volte a scuola mi cadevano perfino sulle pagine del quaderno mentre scrivevo».

«Davvero? Così tanti? Anche io li ho avuti, ma la mamma mi ha lavato i capelli con uno shampoo apposta e sono andati via in due settimane».

«Ah» fece Amalia soprappensiero. «Beato te. La nonna forse non ci ha pensato. Ha detto che non c'era scelta. Forse non sapeva di quello shampoo».

«Peccato... Ma non ti preoccupare, i capelli ricrescono».

«No, non mi preoccupo. È che Dodù forse...»

«Che c'entra Dodù con i tuoi capelli?»

«Stamani a scuola è successa una cosa».

«Non posso mancare un giorno, che succedono cose!»

«Già... Dov'eri tu oggi?»

«Sono rimasto a casa perché avevo il mal di gola... così ho detto a mamma. La verità è che avevo un sonno terribile e voglia di scuola zero. Mi sono riaddormentato e ho ronfato fino a mezzogiorno. Papà lo chiama "recupero psico-fisico". Mi piace questa definizione, suona bene».

«Be', meglio così. Ti sei perso l'ennesima brutta figura».

«Che cosa è successo, di preciso?»

«Di preciso, quando sono arrivata a scuola avevo il cappuccio del *montgomery* sulla testa e nessuno poteva vedere il taglio di capelli. Allora ho deciso di non toglierlo e di entrare in classe tutta imbacuccata».

«Mmhm...» cominciavo a immaginarmi la scena.

«La maestra Diani mi ha chiesto se per caso stavo male e poi mi ha ordinato di togliermi il cappotto e appenderlo fuori come tutti».

«E tu che hai fatto?»

«Io sono uscita e me lo sono tolta, ma ho visto il mio riflesso nel vetro di una finestra, quei capelli rapati e allora ho pensato che...»

«Che?»

«Che non ce la facevo, che mi vergognavo troppo».

«Ah! E poi?»

«Poi ho staccato il cappuccio dal *montgomery* (che ha i bottoni), me lo sono infilato in testa e sono rientrata in aula, sperando che nessuno facesse troppo caso a me. Invece...»

«Invece?»

«Invece dovevo essere proprio buffa con quel triangolo in testa: la maestra si è piantata in mezzo alla classe a fissarmi torva, con le mani sui fianchi, mentre gli altri sghignazzavano. Poi mi ha chiesto se per caso avevo voglia di scherzare. Io ho provato a difendermi, dicendo che avevo freddo, che ero raffreddata, ma lei non ne ha voluto sapere e alla fine, stizzita, mi ha ordinato di posare anche il cappuccio».

«Assurdo! Ma nessuno aveva capito dei capelli?»

«No, fino a quel momento. Il meglio viene adesso».

«Che hai combinato?»

«Ho combinato che sono uscita e ho appeso il cappuccio all'attaccapanni, poi mi sono passata una mano sulla testa e ancora non credevo che mi fosse successa una cosa così terribile. Non riuscivo a decidermi ad aprire quella porta. Sapevo che cosa mi aspettava di là e non avevo il coraggio».

«Ti capisco» pensai che non doveva esser stato facile. «E sei entrata?»

«Sì. Alla fine mi sono decisa, tanto la maestra sarebbe venuta a cercarmi. Non avevo scampo».

«Che cosa hanno detto le iene?»

«Non so che cosa abbiano detto, Diego. So solo che, appena sono entrata, è scoppiata una risata generale, di quelle pazzesche. Non la smettevano più. Mi indicavano e ridevano, battevano le mani e fischiavano. Io naturalmente mi sono trattenuta finché ho potuto, camminando fra i banchi, per raggiungere il mio posto, ma una volta seduta non ho retto più e le lacrime sono scese da sole».

«E la Diani?»

«La maestra all'inizio si mordeva il labbro pensosa, poi si è data da fare a far smettere gli altri di ridere, battendo i pugni sulla cattedra e urlando. Pareva non avessero mai visto niente di più divertente e avevano capito benissimo quale era il mio problema, perché la parola "pidocchi" rimbalzava di banco in banco».

«E poi?»

«Poi la Diani mi ha chiesto se era vero che avevo avuto i pidocchi e io ho fatto cenno di sì con la testa. Allora lei ha spiegato a tutti che la mia soluzione risolveva il problema. Ha detto che perlomeno ero stata onesta, mentre tanti si vergognano a dire che hanno i pidocchi e così li diffondono. Solo dopo questa frase si sono zittiti tutti».

«Chissà quanti hanno i pidocchi in classe e non lo dicono...» riflettei dopo un po'.

«Già. Infatti la maestra ha fatto questa domanda alla classe: 'Chi di voi ha avuto i pidocchi o ce li ha ancora? Ditelo sinceramente!' e dopo un po' quasi tutti hanno alzato la mano. Allora lei ha detto che era più facile sconfiggerli tagliando i capelli corti e molte delle nostre compagne hanno protestato. La Diletta Fiore ha giurato che avrebbe preferito morire di pidocchi, piuttosto che farsi la rapa come me. Le altre le hanno dato ragione. Mi hanno fatto stare ancora peggio, se era possibile».

«Ma tu, Amalia, perché ti sei lasciata fare una cosa del genere? Tagliare i capelli così corti, voglio dire...»

«Io, Diego, quando sento che sono un problema per la nonna, lascio che decida lei. Non so se mi capisci. Sai quando gli adulti cominciano a disperarsi perché diventi di botto un guaio per loro? Hai presente quando si lamentano, piagnucolano? Ecco, con la storia dei pidocchi mia nonna ha perso la testa. Non faceva che alzare le mani al cielo e dire: 'Madonnina mia!'. Non mi piaceva vederla preoccupata, lei che è così buona con me. Quando è arrivato quel parrucchiere in casa, proprio per i miei pidocchi, l'ho lasciato fare. Punto. Tu che avresti fatto?»

Riflettei se mi fossi mai sentito un problema o un peso per i miei genitori. Sì, certo, in tante occasioni. Sapevo quel che intendeva dire Amalia.

Bastava ad esempio che mi sporcassi, che mi ferissi, e la mamma si metteva a sbraitare... Erano quelli i momenti in cui anche io, come Amalia, di fronte alle facce preoccupate, non sapevo come reagire.

«Accidenti a quella deficiente di tua madre!» mi aveva detto la mamma una volta, al culmine dell'arrabbiatura e io ero rimasto molto sorpreso che si offendesse da sola.

Una di quelle cose che ti rimangono in mente perché proprio assurde.

«Niente, Amalia, non avrei potuto far niente neanche io» ammisi. «Ma te l'ho detto: non preoccuparti, i capelli ricresceranno, non è un dramma».

«Già, i capelli ricresceranno, ma Dodù non si muoverà più. Come tutti gli altri».

"Questo sì che è un dramma, anzi una piccola tragedia" ammisi tra me, amaramente.

Capitolo 10

IL MISTERIOSO ADDIO DELL'OCA

L'oca e il delfino. E naturalmente l'elefante.

Erano rimasti loro.

So che cosa significa quella tua espressione preoccupata, Luna.

Hai paura che con la storia finiscano anche le nostre cene. Temi che, una volta arrivati in fondo... *ciao ciao* e amici come prima. Eppure, dopo tutto questo tempo, dovresti aver capito che tu e Lia per me siete molto importanti.

No, non devi preoccuparti di nient'altro che di ascoltare la storia dello zoo di plastica fino in fondo.

L'oca, il delfino e l'elefante, stavo dicendo.

La vicenda dell'oca Yumi è piuttosto strana. Proprio l'ultimo giorno di scuola elementare, quando rimanevano gli esami di quinta, Yumi scomparve misteriosamente dalla scatola di cartone.

Quel pomeriggio Amalia corse a chiamarmi: «Diego è successa una cosa assurda. Scendi?».

«Che è successo?»

«Yumi non c'è più» ansimò.

«Come?»

«Non lo so, è sparita dalla scatola» spiegò mentre scendevamo le scale.

«Forse qualcuno l'ha presa? Tua nonna?»

«Nonna non c'entra. Mi ha assicurato di non saperne nulla».

«E tuo nonno?»

«Non gioca con le ochette. Così mi ha detto».

«Già...» commentai entrando in camera di Amalia.

L'elefante solitario se ne stava in un angolo della stanza, non lontano dalla bacinella posata a terra, dove sguazzava il delfino.

Amalia mi mostrò l'interno vuoto della scatola di cartone che nel corso degli anni era cambiata e adesso aveva purtroppo dimensioni assai ridotte.

«Eppure non può essersene andata da sola» riflettei. «Gli animali si muovono anche al buio?»

«Che sappia io, no. Almeno non è mai successo».

«E l'ultima volta che ci abbiamo giocato abbiamo rimesso Yumi nella scatola, vero?»

«Sì».

«Sei sicura?»

«Ricordo benissimo di averla messa io stessa nella scatola».

«E poi hai chiuso la scatola con il coperchio?»

«Sì, come sempre».
«E l'hai ritrovata aperta o chiusa?»
«Il coperchio era spostato da una parte».
«E ora? Che facciamo?»
«Aiutami a cercarla. Non può essere andata lontano...»
«Da dove cominciamo?»
«Tu cerca da questa parte della stanza, intorno alla scrivania e al letto, io la cerco nell'armadio e sul terrazzo» propose Amalia.
«E in quelle scatole di cartone chiuse là?» chiesi indicando la pila dietro l'armadio.
«Quelle sono cose dei miei genitori, sono chiuse da anni con metri di nastro adesivo, come avrebbe fatto Yumi a entrare lì?»
«Non lo so. Se è uscita da sola dalla scatola tutto può essere...» azzardai.
«Controllerò» mi accordò Amalia. «Giusto per toglierci ogni dubbio».
Ci mettemmo a rovistare, spostammo mobili, letto, libri, vestiti, scarpe. Un'operazione che richiese l'intero pomeriggio. A un certo punto fece capolino la nonna, richiamata dai rumori.
«Ragazzi?» chiese affacciandosi. «Che fate?»
Ci aveva beccato nella fase più critica: tutte le cose di Amalia sparpagliate alla rinfusa sul pavimento e noi che vagavamo nel caos, spostandole a mucchi. L'elefante Lollo e la bacinella con il delfino erano in terrazza.
«Niente, nonna. Non ti preoccupare. Stiamo

solo cercando l'ochetta» disse Amalia, riemergendo da sotto una montagna di vestiti.

«Tesoro, tutto questo baccano per un'ochetta?»

«Rimettiamo a posto, promesso!» mi affrettai a dire.

«Non ti devi preoccupare» aggiunse Amalia.

Lavorammo fino all'ora di cena per riordinare, ma di Yumi nessuna traccia.

Fu solo qualche giorno dopo. Ricordo che erano finiti anche gli esami di quinta. La nonna di Amalia stava facendo il bucato con il grembiule di sua nipote, da una delle tasche saltò fuori Yumi.

La portò subito ad Amalia: «Era lei che cercavate l'altro giorno con Diego?».

Amalia non credeva ai suoi occhi: «Dov'era?».

«Forse non ti ricordavi di averla portata a scuola, l'ho trovata nella tasca del grembiule».

Amalia rimase a bocca aperta.

Non l'aveva affatto portata con sé, piuttosto era Yumi che aveva deciso di trascorrere con lei l'ultimo giorno delle scuole elementari e si era infilata nella tasca del suo grembiule.

Cercammo una spiegazione e commentammo a lungo il fatto, nei giorni che precedettero la partenza per le nostre vacanze estive.

«Ma perché l'avrà fatto?» chiedevo osservandola sullo scaffale in coda agli altri animali. «E perché si è fermata?»

«Forse Yumi voleva sapere che cosa fosse la scuola e c'è rimasta male?» ipotizzò Amalia.

«Forse invece le è piaciuta molto e non ha retto la notizia che fosse finita?» buttai là.

«Potrebbe essere che non le sia piaciuta la maestra?»

«O i nostri compagni?»

«E se si fosse stancata di noi?» Amalia si fece triste per un attimo.

«No, non è possibile» negai convinto.

«Magari si sentiva sola, ora che nello zoo erano rimasti in tre».

«Già. Comunque resta un addio misterioso».

«Misteriosissimo».

La contemplammo muti. Pensammo a Yumi e ai suoi starnazzi, alle sue larghe ali aperte e al collo teso mentre ci veniva incontro, sulla porta della camera di Amalia, il becco spalancato, i gorgheggi impazziti, le danze improvvise in mezzo alla stanza, gli svolazzi, le piume sparse sul pavimento insieme ai semi di mais e girasole di cui era ghiotta, i suoi tuffi nelle pozzanghere formatesi in terra con gli schizzi di Malibù, il grande nastro rosso che Amalia le legava al collo e che adesso pendeva stanco dal suo collo rigido...

Ci sarebbe mancato tutto questo, ci sarebbe mancata lei, l'ochetta che adesso rimaneva ferma nelle mani di Amalia, un oggetto colorato, ben fatto e rifinito, ma muto e freddo, come solo un'ochetta di terracotta può essere.

Qualcosa ci stava lasciando, insieme a Yumi e agli altri animali, alla scuola che finiva, al tempo che passava.

Qualcosa che non sapevamo definire e che sentivamo allontanarsi a grandi passi.

Capitolo 11

E VENNE IL TURNO DEL DELFINO

L'estate della quinta elementare io e Amalia ci salutammo intorno a metà luglio, quando lei partì per il Molise insieme ai genitori, tornati per le ferie dalla Svizzera.

Ora conoscevo il nome della città dove vivevano: Zurigo. E sapevo che lì si parlava tedesco. Il loro strano accento mi aveva colpito: parlavano italiano sì, ma come degli stranieri, ormai.

Prima che partisse per il Molise io e Amalia giocammo un'ultima volta insieme con Lollo e Malibù.

Da quando erano rimasti soli, ci dividevamo le cure e le attenzioni: lei si occupava del delfino e io dell'elefante, da sempre il mio preferito.

Quel giorno, la vigilia della sua partenza per Isernia, bussarono alla porta della stanza.

«È permesso?»

«Avanti!» rispose Amalia.

Sua madre, una donna minuta a cui la mia amica somigliava molto, si affacciò cauta e i nostri animali si fermarono nella posa del momento:

Malibù galleggiando con la pinna dorsale che usciva dall'acqua e Lollo a orecchie aperte e proboscide alta.

«Ciao, mamma!» Amalia le corse incontro.

«Ciao, amore» la signora Porretta era appena rientrata dalle commissioni in centro, teneva in mano sacchetti e sacchettini. «Ciao Diego!» pareva contenta di vedermi. «Ma allora è proprio vero che siete inseparabili come dice la nonna...»

Io e Amalia ci guardammo imbarazzati.

Dopotutto si poteva ben dire che fossimo "inseparabili". Eravamo diventati amici per la pelle.

I nostri pensieri viaggiavano sulla stessa onda, giocare insieme era diventato naturale come respirare.

«Non ti dispiace se ti dico una cosa qui, davanti a lui?» la signora appoggiò in terra i sacchetti e si mise a sedere sul lettino di Amalia.

«Puoi parlare di tutto» dichiarò solenne Amalia. «Diego è il mio migliore amico».

Sentirglielo dire mi fece bene.

Naturalmente, ero anche curioso di sapere che cosa doveva confidarle sua madre.

«Amalia, io e tuo padre abbiamo pensato a come organizzare la nostra vita per l'autunno che verrà. Tu ora sei grandicella e hai finito le elementari. Nonna mi ha detto che sei una bambina brava e autonoma».

«Autonoma, in che senso?» la interruppe Amalia.

«Nel senso che sai stare sola in casa, sai farti da mangiare...»

«Ehi! Non esagerare, mamma. So scaldare le cose che cucina nonna» la corresse.

«Be'... insomma... Adesso non c'è alcun motivo per cui tu non possa venire insieme a noi in Svizzera» concluse.

Nella stanza scese un velo di silenzio stupefatto. Io e Amalia ci guardammo per un breve istante, poi il suo sguardo andò alla madre che la fissava mordendosi il labbro.

«Lo so che per te non sarà subito facile... È un cambiamento... Pensa che comunque devi lasciare la scuola e che hai quasi undici anni. Per noi è arrivato il momento di riunire la famiglia. Zurigo è una bellissima città. So già che ti piacerà. Ci sono spazi verdi per giocare, monumenti, musei, cose da scoprire... La nostra casa è carina, siamo riusciti a trovarne una vicina al centro. Insomma là stiamo bene. Ci manchi solo tu, la nostra bambina».

«Ma...» Amalia deglutì e prese fiato. «La nonna, il nonno... e poi... Diego» disse indicandomi.

«La nonna e il nonno sanno già tutto. Chiaro che a loro dispiace. Nonna ti vuole bene, sei come una figlia per lei, ma capisce che questo cambiamento è giusto. Sta invecchiando e non sarebbe in grado di occuparsi di te, soprattutto ora che stai per diventare una ragazza».

«Mamma! Che c'entra?»

«C'entra. Ti servono stimoli, una buona scuola. Non è forse quello che vuoi?»
«Sì, ma...»
«E non vuoi studiare Astrofisica, dopo?»
«Sì ma...»
«Zurigo ha una bella università. Io e tuo padre saremo felici di farti studiare là. Potrai anche viaggiare se vorrai, lì vicino c'è la Germania, un paese con tante città universitarie».
«Mamma stai parlando di qualcosa che succederà tra otto anni!» protestò Amalia sempre più sgomenta.
«Lo so, cara. Otto anni passano veloci. Bisogna prepararsi al futuro. In più devi imparare il tedesco, all'inizio sarà difficile...»
Seguivo il dialogo sbigottito.
Quelle due stavano parlando di una città lontana centinaia di kilometri, stavano parlando di Amalia che se ne andava per sempre in capo al mondo, stavano parlando in definitiva di una terribile, imminente separazione.
Mi sentii tremare le gambe.
Non poteva essere. Non l'avevo mai messo in conto.
Amalia viveva nel mio palazzo. Con i suoi nonni. La bambina del piano sotto a quello di sotto. La bambina-*ombra*, la sfigata mezza orfana della prima elementare, che oggi, in quinta, era la mia migliore amica e che, senza preavviso, volevano portarmi via. A Zurigo.

Mi avvicinai istintivamente a lei, che si strinse a me. «Non posso lasciare Diego» dichiarò decisa, opponendo uno sguardo da dura a quello intenerito della madre.

«Ma lo vedrai tutte le volte che torneremo a trovare i nonni, e poi potrà venire lui a trovarci» tentò di immaginare la signora Porretta.

Restammo ammutoliti.

I nostri quattro occhi pieni di panico erano puntati in quelli della mamma di Amalia.

Sul suo viso si dipinse la comprensione: «Sapevo che sarebbe stato difficile» disse. «Ma adesso non preoccupatevi troppo, ci sono le vacanze, c'è tempo».

«Mamma non voglio lasciare questa casa, Diego, la nonna. Le vacanze non significano niente. Non cambierò idea».

Dentro di me qualcosa ricominciò a respirare. Conoscevo l'ostinazione di Amalia. Forse c'era una possibilità che non partisse per Zurigo.

«Va bene, tesoro. Non ci pensiamo ora» la signora Porretta si alzò dal lettino dove si era seduta, riprese le sue buste di plastica e uscì dalla stanza salutandomi gentile.

Troppo gentile.

L'indomani sarebbero partiti per Isernia.

Io e Amalia rimanemmo in silenzio. Poi fu lei a interromperlo con un urlo strozzato.

Seguii la direzione del suo sguardo.

Malibù galleggiava nell'acqua, la parte più chiara del ventre emergeva, rivolta verso l'alto. Immobile in modo preoccupante.

Entrambi girammo d'istinto la testa verso Lollo: l'elefante per fortuna si muoveva.

In risposta ai nostri sguardi barrì un barrito terrificante. Forse di protesta, forse di rabbia.

Era rimasto l'ultimo, era rimasto solo.

Capitolo 12

NO, L'ELEFANTE NO!

«Davvero vuoi fare il liceo?» chiesi ad Amalia mentre guardavamo abbattuti il delfino che chiudeva la fila sullo scaffale, dopo l'ormai solito rituale di congedo.

Avevo letto distrattamente i titoli dei libri di astronomia dietro agli animali, e feci quella domanda ad Amalia tanto per dire qualcosa.

«Sì. Voglio iscrivermi ad Astrofisica» rispose sicura. «E tu? Hai già un'idea?»

«Io ci sto ancora pensando. Per diventare un campione di calcio, in fondo, non ci vuole tanto studio. Basta giocare spesso, allenarsi».

«Giocherai a calcio tutta la vita?»

«È quello che mi piacerebbe».

«E al secondo posto?»

«Al secondo posto… farei il veterinario, così potrei stare con gli animali, curarli quando si ammalano, far partorire mucche e cavalle, guarire le ferite delle tigri…»

«Diego…»

«Sì?»

Amalia pareva improvvisamente preoccupata.

«Vuoi prenderti cura tu dell'elefante Lollo, ora che parto per Isernia? Vuoi che te lo lasci?».

«Ma... Amalia!» la proposta mi sorprese. «E tu come farai senza neppure l'ultimo dei tuoi animali?»

«Non lo so».

Ci pensai sopra un attimo: «No, Amalia. Non riuscirei a sopportare che si fermasse mentre è con me. Tienilo tu, è meglio».

«Potrebbe succedere a me, se è per questo...»

«Ma tu lo conosci da più tempo... e poi è tuo».

«Allora sai che facciamo? Ti prendi tutti gli altri, tutti gli animali del nostro zoo che sono sulla mensola, e li porti su da te, così mi pensi durante l'estate».

«Ma... sei sicura?»

«Sì, dai, facciamo così».

«Ma perché?»

«Così li avrai vicini e ti ricorderanno di me» disse ispirata.

«Non è che mi stai dicendo che partirai per Zurigo?»

«Mi sembra già abbastanza duro partire domattina per le vacanze».

«Ah!» tirai un sospiro di sollievo. «Allora li prendo volentieri. Li sistemerò in camera mia in un posto speciale».

«Dove?».

«Sul mio comodino, accanto al letto. Faccio posto subito».

«Vuoi che li portiamo su insieme?»

«D'accordo. E l'elefante verrà con te a Isernia?»

«Sì, non posso lasciarlo qui, non può stare due mesi e mezzo da solo al buio in una scatola».

«Certo».

Salimmo a casa mia con gli animali di plastica.

Una volta in camera disponemmo i nostri amici sul mio comodino nello stesso ordine in cui stavano sullo scaffale di Amalia: leone, koala, giraffa, pecora, zebra e cavallo, tigre, struzzo, scimmia e orso, testuggine, oca, delfino.

Ero felice che mancasse l'elefante.

Il giorno dopo Amalia e i suoi genitori partirono per Isernia.

Dopo due settimane partì anche la mia famiglia per la Sardegna, dove trascorremmo, forse per la prima volta da quando Matilde non c'era più, tre settimane felici, davvero speciali: bagni con maschera e pinne, esplorazioni dei fondali, spiagge bellissime, e una piccola banda di bambini sardi con cui giocare a tempo pieno.

Dopo la Sardegna, ripartii solo insieme a papà per una lunga vacanza a due in giro per le città europee. Mamma non se la sentì di fare con noi questo viaggio, che definiva "avventuroso".

Per me fu uno dei più belli.

Avevo già compiuto undici anni e papà mi trattava da uomo. La cosa mi inorgogliva.

Mi portò a vedere i più bei musei di Amsterdam, Bruxelles, Londra, Berlino, Copenaghen, Vienna. Ci muovevamo in aereo e treno.

Trascinavo il mio zaino da un aeroporto all'altro e spesso anche la sua valigia con le ruote, mi sentivo il giovane paggio di un grande re.

L'arte mi piaceva e papà era fiero di questo suo "piccolo intenditore". Viaggiare era bellissimo e avventuroso, come anche cambiare ogni volta albergo, fare le valigie.

Mi piacevano le metropolitane e mi divertivo, studiando le mappe, a guidare papà, che invece si perdeva sempre. Ricordo bene quelle allegre mappe di linee colorate intervallate da puntini e nomi.

Quando tornai a casa, circa a metà agosto, ebbi la peggior sorpresa che potevo immaginarmi.

«Mamma vado giù da Amalia».

«Diego, aspetta» mi trattenne per un braccio. «Devo dirti una cosa».

Scoprii che Amalia era partita per Zurigo e che i miei genitori sapevano tutto fin da prima delle vacanze.

«Non è vero!» protestai. «Non è partita».

«Dieghito...» mamma abbassò gli occhi. «Devi capire, se avesse potuto rimanere...»

«Noooo!» scappai a rinchiudermi in camera.

Prima che sprangassi la porta, mamma mi porse una busta color verde sbiadito e una color arancione. «C'è una lettera che Amalia ha scritto per te prima di partire e una che è arrivata proprio ieri, da Zurigo» disse premurosa. «Coraggio Diego, devi fartene una ragione. Accettare le separazioni, i distacchi, significa crescere».

«Non me ne importa un fico di crescere» mi chiusi in camera, come nei momenti peggiori.

Le lettere mi stavano davanti, mi guardavano, ma non avevo il coraggio. Alla fine le aprii.

La prima aveva la data 25 luglio e toni tragici. Amalia mi informava che stava per essere portata via a forza e che, per quanto le piacesse l'idea di vivere con i suoi genitori, non sopportava di dovermi lasciare. Mi raccontava che aveva provato anche a scappare. Era montata su di un treno senza biglietto ed era scesa a Bologna, un poliziotto l'aveva subito notata e rimessa sul treno nella direzione opposta, affidandola a una signora. La nonna e la madre erano state in pensiero.

Povera Amalia.

Non ce l'avevo con lei, lo sapevo che non mi avrebbe mai abbandonato se avesse potuto. Ce l'avevo con gli adulti, con il suo papà e la sua mamma, che prima la fanno vivere anni e anni come un'orfana sfigata, un'*ombra* senza speranza, e poi la rapiscono per portarla in Svizzera.

La seconda lettera aveva la data del 10 agosto.

Amalia mi raccontava di essere ancora triste e di aver cominciato a frequentare una scuola di tedesco, quella lingua così difficile che parlavano a Zurigo. C'era anche il disegno della casa in cui abitava e mi diceva di avere due canarini veri in una grande voliera, sul balcone. Mi inviava il suo nuovo indirizzo e pareva rassegnata, poi mi assicurava di volermi ancora bene e di sopportare quella situazione solo pensando a me.

Diceva anche che Lollo era ancora vivo, nonostante le tante lacrime versate per la partenza e che resisteva anche al nuovo clima svizzero.

La notizia mi aprì il cuore.

Sapere che in qualche posto del mondo, per quanto lontano, c'erano Amalia e Lollo, mi faceva stare bene, mi faceva sperare ancora in qualcosa di buono.

Qualcosa di buono del resto ci fu. Per entrambi. Altrimenti oggi non saremmo qua a raccontare a te, Luna, questa storia.

Io e Amalia restammo in contatto per tutto il tempo delle scuole medie e superiori. Lei veniva a trovare i nonni d'estate e portava con sé Lollo, con cui continuammo a giocare fino ai nostri quindici anni. Poi Amalia si trasferì in Germania per studiare, io a Milano e da quel tempo non ci siamo quasi più rivisti.

Oggi eccoci qua.

Non sai come sono contento di averti conosciuta, Luna, e di averti raccontato la storia dello zoo di plastica.

Qui finisce la parte che conosco. Per sapere che cosa successe a Lollo e Amalia quando stavano in Svizzera dovrai interrogare tua madre. Solo lei può dirti come andò.

Ti sembrerà assurdo, ma anche io non l'ho mai saputo.

Non ti sfugge niente.

Ti chiedi come mai c'è anche Lollo nel mio ambulatorio…

Quel che so, è che molti anni dopo, quando ero un giovane dottorando in Veterinaria a Milano, l'elefante fu recapitato in un bel pacco postale a casa di mia madre. Il mittente, la mia carissima Amalia, all'epoca già brillante astrofisico, l'aveva spedito dalla Germania. Non so se lei vivesse là, o ci fosse momentaneamente per lavoro.

Aprire il pacco mi provocò un vero "tuffo al cuore". Non c'erano parole ad accompagnare Lollo. Mi chiesi se fosse tornato a essere un animale di plastica solo allora, oppure se per caso fosse capitato tra le mani di Amalia solo in quei giorni, dopo tutti quegli anni, e senza un motivo preciso avesse deciso di spedirmelo.

No, non le scrissi. In quel periodo ci eravamo persi di vista ed ero un po' pigro con le lettere.

Insomma, a dirla tutta avrei potuto rintracciare tua madre, ma aspettavo che lo facesse lei, cosa che è avvenuta da poco, come sai... dopo dieci anni circa.

Che cosa feci con Lollo?

Misi l'elefante, fermo nella sua posa con la proboscide alzata e la bocca semiaperta, a completare la fila degli animali sul comodino nella mia stanzetta, che era rimasta tale e quale a quando ero bambino.

Qualche anno dopo, quando aprii l'ambulatorio, vi trasferii tutti gli animali, elefante compreso, e misi l'intero zoo di plastica proprio là sullo scaffale dove anche tu l'hai visto.

Vuoi sapere perché non ho fatto il calciatore?

Be', scoprii semplicemente che non ero poi quel gran campione che mi immaginavo di essere: c'erano ragazzi molto più dotati di me. Inoltre la mia vera passione erano gli animali e a un certo punto non ho avuto più dubbi e mi sono messo a studiare sodo per diventare un bravo veterinario.

Lo zoo di plastica mi ha accompagnato, come la mia personale benedizione, per tanti anni...

Insieme allo zoo anche Amalia mi accompagnava idealmente, l'amica d'infanzia, quella con cui avevo giocato, sognato, fantasticato, la bambina con cui avevo condiviso il mondo magico. È proprio da là che provengono i suggerimenti migliori per la vita, ricordatelo.

Quando ero studente ho sempre pensato che quel nostro magico zoo vegliasse su di noi, su me e Amalia, su ogni pagina dei manuali che ho imparato a memoria, su ogni mio passo come giovane dottore, su ogni stella da lei osservata nel cielo.

Adesso, però, come per ogni narratore che si rispetti, è per me arrivato il momento di dire la parola "fine".

Lascio il posto a tua madre Lia, sempre che le vada di raccontarci la parte della vicenda anche a me sconosciuta: la storia dell'elefante.

PARTE QUARTA

Capitolo 1

Io e Diego

Quella che hai appena letto è dunque la storia dello zoo di plastica, cioè della strana collezione di animaletti sbirciati sullo scaffale nell'ambulatorio di Diego il giorno dell'avvelenamento del gatto Fritz.

Il fatto che Diego si sia divertito a raccontarla mi è piaciuto molto e di conseguenza anche lui mi è piaciuto. Diego è una persona gentile, piena di premure. Con me e mamma è davvero molto affettuoso.

Che mi ricordi, non c'è mai stato nessun uomo che ci abbia dedicato tante attenzioni prima di lui. Con Diego vicino mi sembra quasi di avere una famiglia regolare. Una cosa tutta nuova per me.

Mamma è contenta di andare a cena a casa sua, e ancor più quando viene lui da noi.

È attenta e precisa come non è mai stata. A volte riesce a organizzare un pasto vero e proprio, con più di una portata: frigge le patate, prepara la pasta al ragù e le insalate miste, si ricorda anche di metterci dentro i semi di sesamo tostati, che a me e a Diego fanno impazzire.

Sedersi a tavola in tre e mangiare chiacchierando insieme è un'esperienza tutta nuova per me, abituata a una mamma astratta e distratta, che spesso perde il filo dei discorsi e che, il più delle volte, quando le parli, prende fischi per fiaschi.

Non è sempre piacevole, mentre ad esempio stai raccontando dei tuoi problemi con i gemelli (Simone e Giovanni, le due pesti di classe mia), sentirsi rispondere con un lungo discorso cose incomprensibili che descrivono i pregi e i limiti dell'astrologia, che non è scientifica, ma comunque, certo, i Gemelli sono un segno doppio, quindi l'influenza astrale... se poi ci metti la Luna, l'ascendente, i pianeti e le case, e via dicendo.

Lo so che mamma non è cattiva, che non lo fa apposta, semplicemente è nel suo mondo.

Da quando Diego mi ha parlato di lei da bambina, però, non so dire perché, mamma mi pare tutta diversa.

Come se la capissi meglio, come se quel mistero di nome Lia si fosse in parte svelato...

Secondo me, è cambiata nell'ultimo periodo: molto meno astratta, meno distratta e, in generale, più contenta.

Ritrovare il suo amico Diego le deve aver fatto un gran bene.

Inutile dire che all'inizio mi sentivo anche un po' tesa e preoccupata.

Spesso mi sono lamentata di non avere un papà, ma in fondo vedere un uomo vicino a mamma era anche la cosa che temevo di più al mondo.

Ho sempre avuto una paura matta che qualcuno ci potesse separare, che potesse portarmi via quella mamma pazzerella per cui in realtà stravedo.

Invece è stato tutto molto più semplice di quanto credessi, Diego non mi ha tolto proprio niente, anzi ha aggiunto molto.

La mamma ora è perfino più affettuosa con me, e molto più simpatica.

In generale, quindi, posso dire che conoscere Diego è stata una vera fortuna.

Oltretutto, ho un altro adulto di fiducia su cui contare. Mi ha dato il suo numero di cellulare e mi ha detto di chiamarlo tutte le volte che desidero, soprattutto se ho un problema.

La mamma va via spesso per lavoro. Ci sono abituata. C'è una signora che viene a casa nostra quando lei parte, Susanna. Si occupa di tutto: fa da mangiare, stira e lava, pulisce la casa, mi aiuta con i compiti e mi fa compagnia.

A volte la mamma si trattiene anche una settimana nei posti più disparati: Cina, Giappone, Indonesia, America, Svezia, Danimarca. Susanna allora diventa come una specie di "zia" a cui sono molto affezionata.

Diego di recente ha sostituito diverse volte Susanna, infatti sono rimasta spesso a casa sua quando mamma non c'era.

Mi raccontava la storia dello zoo, poi bevevamo insieme una tisana al tiglio e alla malva, preparavamo il divano letto del salotto, dove io dormo benissimo.

È bello passare il tempo con Diego.

Sa un sacco di cose di storia, geografia, scienze, matematica. Mi aiuta con i compiti e da quando c'è lui i miei voti sono migliorati, soprattutto in scienze.

Uno dei momenti più belli è stato un sabato mattina.

Venerdì sera ero rimasta a dormire a casa sua e il giorno dopo non c'era scuola, per via delle elezioni politiche.

Diego mi ha chiesto: «Luna, ti piacerebbe farmi da assistente in ambulatorio stamani? Giovanna è fuori città e io sono solo. Te la sentiresti?».

«Tantissimo! Yuppi!!!» ho urlato, e subito dopo ho confessato: «Non ho mai osato chiedertelo, ma è la cosa che desidero di più da quando ti conosco».

«Sciocchina, bastava tu lo dicessi».

«Pensavo che la tua assistente, quella Giovanna, non avrebbe gradito una bambina in ambulatorio» ho spiegato.

«Be', certo, hai ragione, si sa come sono fatte le donne, temono le concorrenti...» ha sorriso complice.

Allora mi è baluginato un pensiero triste: «Ma quella Giovanna è anche la tua fidanzata?» ho chiesto.

«Ma quale fidanzata?» Diego ridacchiava sotto i baffi. «Cambiamo argomento: dimmi un po', come la mettiamo con il camice? Dove lo troviamo uno della tua misura?»

«Mi rimboccherò le maniche di uno dei tuoi» ho detto sbrigativa, poi siccome quel pensiero preoccupante continuava a girarmi per la testa, ho insistito: «Ma allora tu non hai una fidanzata?».

«Attualmente... Be', sì insomma, qualcosa c'è, ma... è così importante parlare delle mie fidanzate, adesso?»

«Lo sai che sono una curiosona» mi sono difesa. «Non hai avuto mai una storia importante?»

«Sì, ce l'ho avuta. Mi sono anche sposato e poi separato» mi ha rivelato, lasciandomi di sasso.

«Davvero? E hai dei figli?» ero un po' angosciata all'idea.

«No, non ho figli» il suo sguardo si è fatto triste.

«Be' adesso hai me» ho buttato là, anche per vedere la sua reazione.

Diego pareva contento: «Certo, ora ho te! Sei stata una bellissima scoperta. La figlia che avrei sempre voluto».

«Anche tu sei stato una bellissima scoperta» ero felice di dirglielo e avrei voluto aggiungere "il papà che ho sempre voluto", ma questa frase mi è rimasta in gola...

Ho avuto l'impressione, però, che in quel momento era proprio come se l'avessi detta, e che Diego, quella frase, l'aveva sentita anche se io non l'avevo pronunciata.

Una cosa magica.

Credo che succeda a chi si vuole bene.

Credo chc io e Diego ci vogliamo bene.

Capitolo 2

E IL FINALE DELLA STORIA?

La mattina nell'ambulatorio di Diego è passata in un soffio.

C'erano quattro casi di gatti malati: due cimurri, un morso di cane e una frattura, poi un avvelenamento, ma questa volta di un cane, e infine un canarino, che secondo la sua padrona non cantava più perché era depresso.

Alla fine della mattinata ho chiesto a Diego: «Quanto hai guadagnato con queste visite?».

«Perché? Vuoi far carriera come guardia di finanza? Pago regolarmente le tasse, io».

«No, dai, è che sono curiosa. Si guadagna bene come veterinari?»

«Non mi lamento. È un bel lavoro ed è ben pagato».

«Si deve studiare tanto per diventare veterinari?»

«Anni e anni, poi bisogna continuare ad aggiornarsi, sui nuovi rimedi, le medicine che inventano».

Riflettevo.

«Tu e mamma avete studiato tanto per fare il vostro lavoro e continuate a studiare. A me non piace molto studiare… però per un lavoro così bello forse lo farei» ho detto.

«Adesso può anche non piacerti la scuola, ma appena trovi una cosa che ti interessa, credimi, sarà diverso. Non c'è niente che ti piace?»

«Qualcosa c'è: disegnare».

«Bella roba! Un'artista… Non è facile ma ci si può provare, perché no? Allora vuol dire che studierai Arte, sempre che nel frattempo tu non scopra altre passioni. È un po' presto per decidere».

Il discorso sullo studio è andato avanti, mentre rimettevamo a posto l'ambulatorio e ci preparavamo a tornare a casa sua per pranzo. Alle due e mezza sarebbe arrivata mamma a prendermi, di ritorno da Parigi.

Mentre mangiavamo dell'ottimo risotto ai funghi cucinato insieme a Diego, mi è venuta in mente una cosa che volevo chiedergli già da tempo. Una cosa che riguardava la storia dello zoo di plastica. Erano giorni che rimuginavo su tutto quello che lui mi aveva raccontato, non riuscendo a capire fino in fondo il senso generale.

Gli animaletti dello zoo erano davvero belli nelle descrizioni di Diego, pareva di vederli, di averli davanti… ma quella loro vita, quel loro muoversi, mangiare, bere, fare i propri bisogni… era proprio un fatto vero oppure il frutto della fantasia di Diego e della mamma?

E se invece gli animaletti si muovevano davvero, se davvero vivevano, allora perché si erano fermati così, negli anni, uno dopo l'altro?

Che ragione c'era, in fondo, di fermarsi, per quanto dure fossero le cose che capitavano a Diego e alla mamma? Mancava qualcosa al racconto, una serie di dettagli, che mi impegnavano la testa in tante domande. Ma soprattutto quel che davvero mancava era il finale della storia. Che cosa era successo dopo il giorno in cui Diego e la mamma si erano visti per l'ultima volta, quando avevano quindici anni?

«Senti, Diego, tu mi hai detto spesso che la storia dello zoo di plastica la dovevo ascoltare fino in fondo, aspettare la fine per giudicare… e cose del genere» ho cominciato a dire tra un boccone e l'altro.

«È vero, le storie si ascoltano sempre fino alla fine».

«Ma, nel caso dello zoo di plastica, la fine qual è? Non mi è chiaro… Insomma, dopo che tutti gli animaletti, eccetto l'elefante, si sono fermati, il finale della storia sarebbe che tu e mamma vi siete persi di vista per quasi venti anni? Scusa, ma è un mucchio di tempo e non mi pare un gran bel finale» ho vuotato il sacco, tanto sapevo che con Diego potevo essere sincera.

«Vuoi dire che non ti è piaciuta la storia? Neppure se pensi che è tutta vera?»

«Invece mi è piaciuta. In certi punti mi ha un po' intristita, in altri mi ha fatto ridere. Ma secondo me non ha un gran bel finale, anzi, non ha un finale» ho spiegato.

«Capita spesso con le storie vere, che non abbiano il finale che ci si aspetterebbe». Diego sembrava rifletterci su, poi ha aggiunto: «Però c'è da dire una cosa importante: la fine della storia dello zoo di plastica la sa solo tua madre e ancora non ce l'ha raccontata».

«E tu non la conosci?» mi pareva strano che proprio lui, che aveva tanto insistito sull'importanza del finale, non ne avesse idea.

«Lo ammetto: non so com'è andata con Lollo e, oltretutto, sono curiosissimo, tanto quanto te. Tu hai provato a indagare con Lia sull'elefante?»

«Mamma mi ha detto che è una storia lunga. Sai come fa lei, che ti dà certe risposte striminzite per poi cambiare argomento...»

«Possiamo provare a chiederle di raccontarcela, ora che viene a prenderti. Che ne pensi?»

«Penso che insieme ce la potremmo fare, in ogni caso la costringeremo».

«Bene, allora siamo intesi».

Quando mamma è arrivata e le abbiamo fatto presente la questione del finale della storia, pareva molto stupita della richiesta.

Ha esclamato: «Ma come? Non l'ho già fatto? Non ve l'ho già raccontato?».

Poi di fronte alle nostre facce perplesse si è portata la mano alla fronte: «Ma che sciocca! Certo che non ve l'ho raccontato il finale della storia, perché l'ho scritto» ha rivelato.

«L'hai scritto?» abbiamo chiesto in coro io e Diego. «E quando? E perché l'hai scritto?»

«L'ultima volta che sono andata ad Amsterdam. La conferenza quella sera era noiosa, così mi sono astratta e, dato che avevo con me il portatile, ho buttato giù la storia dell'elefante Lollo. Avevo pensato di leggervela, poi mi deve essere passato di mente...»

«Ma perché non dircela a voce?» ha insistito Diego.

«Perché io non sono brava come te a raccontare... Mi perdo nei dettagli e finisce che i miei ascoltatori si scocciano. Lo so per esperienza».

«Allora sai come facciamo? Ci troviamo per leggere insieme la storia dell'elefante!» ha proposto Diego. «Venite a cena da me venerdì prossimo?»

«Certamente» mamma pareva contenta.

«Io non resisto fino a venerdì» ho dichiarato.

«Facciamo domani sera, allora?» ha rilanciato Diego.

«Fammi pensare...» mamma ha tirato fuori dalla borsetta l'agendina. «Non posso. C'è la riunione a Milano, parto domani pomeriggio».

Io e Diego ci siamo guardati complici, come dire: “Stai pensando anche tu quello che penso io?”.

«Mamma ci lasci il tuo racconto? Ti scoccia?» ho chiesto.

«No. Anzi, preferisco, così non mi avrete lì presente a tempestarmi di domande».

«Credo che te le faremo in ogni caso le domande, se ci parrà che ci hai tenuto nascosto qualcosa...» Diego pareva contento della soluzione.

«Mmhmm...» la mamma l’ha guardato a lungo con una faccia un po’ perplessa e un po’ felice, poi gli ha sorriso e gli ha fatto l’occhiolino. Sì, proprio così, l’occhiolino, l’ho vista benissimo... ed era la prima volta nella mia vita che la vedevo fare una cosa del genere, una cosa come l’occhiolino.

Quindi ha detto, scandendo bene sillaba per sillaba, la parola *vedremo*: «Ve-dre-mo».

«Allora è deciso! Domani pomeriggio mi riporti qui da Diego con il racconto, che leggeremo io e lui, va bene?»

«Va bene. Adesso andiamo, è tardi».

Capitolo 3

COSA ACCADDE ALL'ELEFANTE

Quello che segue è il racconto della mamma che io e Diego abbiamo letto insieme ad alta voce quando lei non c'era.

Ecco dunque l'incredibile finale della storia, la parte che racconta che cosa accadde all'elefante Lollo.

"Il giorno della mia partenza da casa di nonna cadde in un agosto iniziato con una burrasca che preparava già l'autunno.

Vento freddo e raffiche di pioggia si abbattevano sul portapacchi della macchina di quel papà quasi sconosciuto, mentre quella mamma non meno misteriosa, arrampicata sul sedile posteriore, si sporgeva dalla portiera aperta, tenendo alto un grande ombrello verde oliva a riparare il bagaglio, in modo che papà potesse finire di stendere il telo di nailon su pacchi e valigie.

C'erano anche le mie tre carabattole lassù, i libri di astronomia, i quaderni degli appunti, i pochi panni cenciosi di ex-bambina-orfana-ormai-ragazzina-con-

genitori che la mamma aveva salvato dal frettoloso repulisti.

L'elefante Lollo era al sicuro nella tasca dei miei pantaloni. Partivo con quell'unico tesoro, che per me valeva tutto il resto. Solo sentire Lollo a contatto di pelle mi rassicurava.

Salimmo in macchina, la nonna ci guardava dalla finestra con la faccia triste.

Pensavo a un'altra faccia, quella di Diego, quando sarebbe tornato a casa senza trovarmi. Sentii un malessere diffuso e la nausea.

Alla prima curva della strada, uscendo dal paese, ci fermammo appena in tempo e vomitai il poco o tanto che avevo nello stomaco. La mamma mi tenne la testa, poi mi fece una carezza.

Non sapevo come interpretarla, non sapevo se quella donna fosse buona o cattiva, se quel che mi stavano facendo fosse bene o male, non sapevo quel che mi attendeva, dove stavo andando, non sapevo esattamente il perché, né quando avrei rivisto la nonna e Diego.

Non sapevo più niente.

Sapevo solo che l'elefante Lollo era con me.

Arrivata a Zurigo, nel tardo pomeriggio, rimasi sorpresa di quanto fosse grande e vivace la città. In confronto, il posto da cui venivamo era poco più che un paese.

La casa dei miei genitori era carina, nel giardino c'era un dondolo rivestito di comodi cuscini, mi ci buttai sopra e mi feci cullare.

L'aria era fresca, diversa.

Tutto era diverso e fresco.

Nei giorni successivi scoprii che i miei genitori parlavano bene il tedesco, mentre io non capivo niente di quella lingua difficile. Fui iscritta a un corso intensivo di due settimane che precedette il mio ingresso nella scuola svizzera. Ce ne sarebbero state molte altre di scuole, soprattutto tedesche: Monaco, Berlino, Düsseldorf... Avrei viaggiato e avrei vissuto a lungo in Germania.

Le prime impressioni, lingua e nostalgia a parte, furono buone.

La cosa che mi stupì di più fu la gentilezza dei bambini nei miei confronti. Sembravano tutti interessati a conoscermi, parlare con me, coinvolgermi nei loro giochi nonostante il mio tedesco primitivo.

Non mi pareva vero: si era spezzato l'incantesimo maligno che per undici anni mi aveva impedito di comunicare con i miei coetanei, Diego a parte. Improvvisamente tra le persone della mia età non mi sentivo più la bambina-ombra, la sfigata, l'isolata, ma perfino una tipa interessante.

Ebbi la fortuna di incontrare subito quella che sarebbe stata la mia grande amica: Agatha. Anche lei era straniera a Zurigo, proveniva dall'Ungheria. Insieme studiavamo e facevamo sport nello stadio di atletica. Correvamo come gazzelle.

Piano piano, cominciai a sentirmi sempre meglio dentro quella vita nuova, che sembrava dapprima essermi stata imposta, ma poi sempre più regalata.

Diego a parte, potevo dire che non mi mancasse niente.

Perfino papà e mamma furono una bella scoperta... Erano affettuosi con me e grandi lavoratori.

Sembrava fossi sempre stata con loro due, e che gli otto anni trascorsi in casa della nonna fossero solo una strana parentesi.

Non ho avuto mai da ridire con i miei genitori, mai una questione, neppure la più futile. Erano bravi genitori e io avevo una gran sete di adulti bravi, di cui potermi fidare.

Per tutto ciò che l'avere finalmente una famiglia mi ha permesso di fare negli anni che seguirono (ad esempio studiare nelle università più qualificate, il meglio di quel che offriva l'Europa in fatto di astrofisica), ho sempre pensato di dover ringraziare papà e mamma e i loro tanti sacrifici, certo, ma anche me stessa, perché tutto ciò sentivo di averlo in parte anche meritato.

Sì, lo avevo meritato, proprio io, la bambina che per otto anni aveva sopportato una situazione difficile, lontano dai suoi genitori, in casa dei nonni, senza lamentarsi, senza protestare.

Ero stata in gamba, dopotutto.

Ero riuscita a farcela con le mie forze, non mi ero resa conto di quanto difficile fosse stata la mia vita, fino a che non mi ritrovai di nuovo insieme a mamma e papà. Come mi pareva lontano, ora, il giorno in cui ero scappata da casa della nonna perché non volevo partire...

E dunque ce l'avevo fatta, ero sopravvissuta, i miei

sogni erano intatti, l'amore per le stelle era lì con me. Adesso avevo una famiglia, una bella casa, una città come Zurigo, un futuro, tutto questo era il premio per le mie fatiche.

Ce l'avevo fatta anche grazie all'amicizia con Diego, il cui pensiero era l'unico dettaglio in ombra in quel bagno d'imprevedibile benessere.

Mi mancava lui e mi mancavano il mare assolato, l'odore del pesce sulla spiaggia e quello della mia nonna, della sua pancia morbida, delle mani rugose.

Mi mancava soprattutto il nostro zoo, gli animali persi lungo la strada, i lunghi pomeriggi passati con Diego in compagnia di quei tenerissimi esseri.

Ma avevo ancora Lollo.

Mentre studiavo lasciavo che Lollo scorrazzasse libero per la mia stanza, ma non lo mostrai più a nessuno, perché sapevo che nessuno l'avrebbe visto vivere.

Giocavo con lui anche la sera, prima di addormentarmi, parlandogli di Diego. Mi faceva sentire vicino al mio amico, a cui scrivevo regolarmente, per raccontargli tutte le novità e, insieme a Lollo, contavo i giorni che mancavano alla successiva partenza per l'Italia.

Con la conclusione del liceo, tutta presa dalle molte novità e dallo studio delle stelle, che prese finalmente forma all'università, anche se mi vergogno un po' ad ammetterlo, finii per dimenticarmi dell'elefante, che rimase chiuso in una scatolina per molto tempo, anzi, per interi anni.

Ma un giorno, improvvisamente, fu lui a ritrovarmi: successe una cosa incredibilmente magica.

Fu circa quindici anni fa, quando incontrai Peter.

Mi spiace che Luna sappia così poco del suo papà... è vero, ho sempre evitato di parlargliene, ma solo perché per me era difficile, troppo difficile.

Luna ora deve sapere che l'amore tra me e suo padre Peter è stato unico e grande.

Non appena lo conobbi, seppi che mi comprendeva, che pensava i miei pensieri, che sentiva le mie emozioni, come un tempo era successo con Diego. Infatti, eravamo da poco fidanzati quando gli raccontai dello zoo, della mia infanzia in Italia, del mio amico Diego e dell'elefante, cosa che non avevo fatto con nessuno prima.

Peter lì per lì parve sorpreso, ma neppure troppo, non disse niente, non commentò. La cosa mi stupì, infatti immaginavo una reazione diversa, pensavo che mi facesse mille domande, che si mostrasse incredulo o perplesso, mi chiesi anche come potesse non incuriosirlo una storia come quella.

Ma era destino che Peter mi dovesse stupire.

Poco tempo dopo mi portò a conoscere sua madre, che abitava nella vecchia casa di un piccolo villaggio nella Foresta Nera. Salimmo le scale di una pericolante soffitta dai solai di legno e là il mio fidanzato si mise a cercare qualcosa.

«Chiudi gli occhi» mi ordinò poi.

Lo sentii avvicinarsi, emozionato.

Mi prese le mani, vi pose sopra qualcosa che pareva leggero e che prese peso a poco a poco.

«Apri gli occhi adesso!» mi sussurrò.

«Lollo!» esclamai alla vista di quel piccolo, delizioso elefante vivo nelle mie mani.

«Non è il tuo Lollo, ma la mia Amanda, una femmina» mi rivelò Peter con gli occhi che brillavano come stelle accese solo per me, in un universo che stava tutto rinchiuso dentro di lui, dentro quella meravigliosa persona che sarebbe diventato presto il padre della mia Luna.

Ero emozionata come una bambina, ero di nuovo una bambina.

«Aveva ragione Diego» dissi alla fine. «Ha sempre detto che da qualche parte del mondo dovevano esistere animali come quelli del nostro zoo. Incredibile... Peter, tu hai sempre avuto un elefante come il nostro Lollo... Non lo credevo possibile».

«Saranno una bellissima coppia». Peter era raggiante.

«Ma avevi anche altri animali come questo, come Amanda?» mi informai.

«No, solo lei, e non ho dubitato neppure un attimo che si sarebbe mostrata viva anche a te» mi rivelò.

«E da quando ce l'hai?»

«Da quando avevo due anni e mezzo. Sono stato adottato in un istituto. Mamma mi ha portato via da lì e un bambino, a cui pare volessi molto bene, mi regalò l'elefante. Da allora Amanda è stata la mia fedele amica. Nessuno è mai riuscito a vederla viva prima di te oggi».

Ero strabiliata: «Quando hai smesso di giocare con lei?».

«Intorno ai quindici anni, non so bene perché, ma oggi sono felice di ritrovarla».

Ero felice anche io.

Di lì a poco io e Peter ci trasferimmo in una piccola casa sui tetti di Norimberga, città dove vivemmo felici per quattro meravigliosi anni, e dove nascesti tu, la nostra Luna.

Amanda e Lollo, che appena estrassi dalla sua scatolina prese vita come e meglio di prima, vivevano con noi e si amavano anche loro, erano vivi ventiquattro ore al giorno, e giravano liberi nella nostra piccola casa felice.

Peter diventò in pochi anni un antropologo di successo, viaggiava molto per lavoro, andava spesso in Africa, in Australia e in Indonesia, studiava i nativi dei posti più sperduti del nostro grande mondo.

Anche io viaggiavo per lavoro, studiavo le stelle più remote del nostro immenso universo. Ma quando ci ritrovavamo nella nostra mansarda, eravamo una bambina e un bambino felici.

Ho rivissuto quel senso di felicità piena che avevo perso il giorno in cui partii da casa di nonna e mi lasciai dietro i giochi con Diego e lo zoo.

Con la nascita di Luna la nostra felicità divenne una musica costante, una bellissima melodia.

Aveva appena otto mesi la nostra Luna, quando Peter partì per la Nuova Zelanda. Quel giorno eravamo entrambi agitati da strane sensazioni, brutti presentimenti.

Lui mi disse: «Non voglio lasciarvi sole. Questa volta mi pesa più di sempre».

Anche a me pesava più di sempre. «Facciamo una cosa, Peter: porta con te il mio elefante e lascia il tuo qua con noi, ci aiuterà» proposi.

Peter partì portandosi via Lollo. Io e Luna rimanemmo con Amanda.

Peter e Lollo non sono ancora tornati, dopo più di dieci anni. È stata dura senza di loro per tutto questo tempo. Anzi, durissima.

È ancora dura, a volte.

Per questo non ho quasi mai parlato di lui alla mia Luna.

Dopo un anno l'elefantessa Amanda ebbe un elefantino. Era già incinta quando Peter e Lollo erano partiti, ma noi non lo sapevamo: le gravidanze degli elefanti sono più lunghe di quanto si immagini.

È stato commovente trovare il piccolo Pai (il suo nome fu anche la prima parola di Luna) che trotterellava e barriva dietro alla madre. Pensavo a come sarebbe stato felice Peter di quei nostri due cuccioli, Luna e Pai, che giocavano assieme sul tappeto.

Dopo un altro anno Amanda si fermò.

Fu la mattina in cui mi comunicarono che l'ambasciata tedesca di Wellington aveva cessato le ricerche di Peter e che per molti motivi disperavano ormai di ritrovarlo vivo.

Anche dentro di me qualcosa si fermò e posso dire che da allora quel qualcosa sia rimasto fermo.

Una specie di strano orologio che non misura più il tempo del mio cuore.

Fu allora che decisi di spedire l'elefantessa a Diego, perché completasse la fila dello zoo, anche se non si trattava di Lollo ma di Amanda: mi faceva male vederla lì ferma e sola, a ricordarmi una felicità grande e perduta.

A oggi Lollo è ancora disperso, con lui Peter, il padre della mia adorata Luna. Io e mia figlia, invece, siamo qui: senza una persona importante, ma insieme a un'altra persona importante, ritrovata dopo lungo tempo.

Come su una giostra giriamo su questo mondo che gira, fra innumerevoli mondi che girano, tanti microscopici corpuscoli nell'aria che esce ed entra in un respiro, parti di un universo che si espande e che tra un tempo indefinibile comincerà a contrarsi.

Noi siamo vivi e questo è quanto di più strabiliante ogni giorno produca, ai miei occhi, il destino.

Io lo so che prima o poi, quando meno ce lo aspettiamo, ritroveremo tutti quanti, anche quelli che ora sembrano persi senza rimedio, proprio perché l'universo comincerà a contrarsi. Non è speranza, è scienza.

E questa è la storia dell'elefante Lollo.

Mamma Lia"

«Mamma è proprio incorreggibile» ho commentato a caldo, mentre Diego era in stato di trance, la testa appoggiata allo schienale del divano, gli occhi sbarrati, pieni di sorpresa.

Taceva in modo ostinato e allora cercavo di parlare io: «Si può dimenticarsi di scrivere che fine ha fatto Pai? Ti sembra una cosa logica? Nasce un elefantino... Dopo tutto quel che è successo, è meraviglioso, non trovi? Il finale più bello che potevamo aspettarci per la storia dello zoo di plastica, e lei si dimentica del tutto di dirci di lui».

Diego si riscosse appena: «Eh? Ah! Sì certo, che fine ha fatto Pai? Hai ragione».

«A che cosa stai pensando, Diego?»

«Penso che per tutto questo tempo ho avuto sullo scaffale un elefante che non era Lollo e non me ne sono mai accorto» pareva sconvolto.

«Be', c'è da dire che non è così facile distinguere il sesso di un elefante di plastica, mi sarei confusa anche io» ho cercato di consolarlo.

«Luna, forse non capisci... Questi animali non sono di plastica, per noi non lo saranno mai... Sono una parte di... è difficile spiegare. Lollo era, tra tutti, l'animaletto che più amavo... Mi chiedo: come ho fatto a non accorgermene? Dove diavolo mi sono perso nel frattempo?»

A questo punto sono rimasta zitta io, perplessa. Non capivo quello strano discorso.

Che differenza faceva, in fondo? E che c'entrava il suo perdersi da qualche parte?

«E se la mamma non avesse detto la verità? Magari la sua è tutta fantasia...» ho buttato là.

In fondo avevo seri dubbi su quel che mi avevano raccontato quei due.

La storia dello zoo di plastica l'avevo ascoltata con piacere, e andava bene, mi ci ero appassionata pure, d'accordo, ma non avevo pensato di dover prendere per forza tutto alla lettera.

Credevo che spesso Diego parlasse, come dire, per simboli. Immaginavo che l'avesse un po' romanzata la sua storia, giocando di fantasia, quel tanto che bastava per rendere tutto più interessante, più divertenti le cene il venerdì.

Sono state le nostre cene in fondo la cosa davvero importante, che cavoli!

La reazione di Diego mi spiazzava.

«Abbiamo modo di verificare quel che dice tua madre: l'elefante Amanda è in ambulatorio» ha detto Diego dopo un attimo, ancora preso dai suoi pensieri.

Ora però mi ero persa anche io nei pensieri...

Nella mia prima infanzia avevo giocato sul tappeto con un cucciolo di elefante vivo di nome Pai e fino a oggi non lo sapevo. Si può scordare una cosa del genere?

Ma, allora, che fine aveva fatto Pai?

Capitolo 4

PICCOLI, GRANDI ELEFANTI

La mamma ha telefonato, dicendo che era a Milano e che sarebbe tornata l'indomani. Ha giurato che sarebbe venuta a prendermi a scuola alle una e mezzo. Così abbiamo deciso che potevo rimanere a dormire da Diego, sul divano in salotto.

Io e lui siamo rimasti ancora un po' a pensare e a guardarci negli occhi, ammutoliti dalla lettura del finale della storia.

Poi Diego pareva essersi ripreso dallo stupore e abbiamo fatto insieme delle ipotesi sull'elefantino Pai. Pensavamo entrambi che la mamma lo avesse ancora e lo tenesse nascosto da qualche parte.

Alla fine della serata avevo ancora i miei dubbi, mi arrovellavo nelle mie mille domande senza il coraggio di chiedere altro a Diego, che pareva assorto e pensieroso.

Il finale con l'elefantino era davvero carino, tanto che mi veniva quasi voglia di credere a ogni parola della storia dello zoo di plastica e buonanotte.

Mi sono addormentata immaginando il piccolo Pai, sforzandomi di vederlo: un meraviglioso cucciolo giocherellone.

Certo che sarebbe stato bello... sarebbe stato stupendo poter tenere in mano, accarezzare e accudire una creaturina del genere.

Altri pensieri mi si agitavano in testa, pensieri un po' scomodi sul mio papà.

Qualcosa in tutta quella storia mi tormentava.

Perché la verità su papà Peter veniva fuori solo ora che avevo conosciuto Diego?

Perché mamma non mi aveva raccontato niente prima?

E se Diego aveva detto e ripetuto che solo lui e mamma potevano vedere lo zoo di plastica vivere, allora perché, improvvisamente, sbucava fuori un'altra persona con lo stesso potere, per giunta proprio il mio papà, questo Peter, l'antropologo scomparso in Nuova Zelanda?

Non era più logico che Diego stesso fosse questo padre fantomatico?

Magari lui e mamma si erano rincontrati anche dopo, quando erano grandi e mi avevano messa al mondo...

Forse ci stavano girando intorno e prima o poi mi avrebbero confessato che le cose erano andate proprio così.

Del resto, il racconto delle loro due vite aveva un buco di un sacco di anni, dei quali io non sapevo niente. Erano stati sbrigativi e misteriosi.

Forse mamma voleva lasciarmi il tempo di abituarmi all'idea che Diego fosse mio padre?

Ma perché mai?

Io sarei stata felicissima di sapere fin da subito che Diego e nessun altro era quel papà che mi mancava da sempre.

Inoltre c'era un altro importante dettaglio fuori posto: Diego aveva raccontato che, quando lui e mamma giocavano con lo zoo, gli adulti non potevano vedere vivi gli animali, in nessun caso.

Come ci erano riusciti allora mamma e Peter, quando erano belli che cresciuti?

No, le cose non potevano essere andate così, i conti non tornavano, mamma s'era inventata qualcosa o aveva dimenticato di dire qualcos'altro.

Senza considerare la reazione di Diego...

Pareva sconvolto dalle rivelazioni di mamma, possibile che fosse solo per via dell'elefante sul suo scaffale?

E se invece la verità era che lui non sapeva affatto di avere una figlia (io) prima di oggi?

Allora sì che il suo stupore avrebbe avuto un senso... Sarei rimasta di sale anche io al suo posto!

Non riuscivo a capire a che gioco stavano giocando quei due. Che cosa era vero? Che cosa era immaginazione? Che cosa si stava muovendo intorno a me e stava cambiando la mia vita? Che cosa rimaneva invece fermo, quale parte della mia vita non poteva muoversi, né cambiare?

Era forse quello, alla fine, il senso dello zoo di plastica? Quella storia aveva a che fare con i cambiamenti, col crescere?

Non era forse che gli animali si fermavano proprio quando la vita di Diego e Amalia cambiava, in un modo o in un altro?

Ma allora i pidocchi avevano forse cambiato la vita della mamma? O piuttosto dopo quel giorno era cambiata la sua mente, il suo cuore?

Tutto troppo complicato per me... alla fine ci ho rinunciato.

Non sapevo più dire che cosa fosse verosimile e che cosa non lo fosse in tutto quel garbuglio di pensieri e ipotesi.

Diego aveva detto che bastava controllare l'elefante in ambulatorio e la storia di mamma sarebbe stata verificata.

Certo...

Ma che cavolo cambiava per me, dopotutto, sapere questa cosa di un elefante di plastica che stava sullo scaffale di un ambulatorio?

Ritrovare un papà, questo solo avrebbe cambiato tutto per me.

Ne avevo a sufficienza di fantasie intorno, mi sarebbero serviti piuttosto un po' di fatti: cose concrete.

Sì, ma chi glielo spiegava a quei due?

"D'accordo: verifichiamo pure che l'elefante sullo scaffale sia Amanda e non Lollo" mi sono detta. "Ma poi, per favore, lo chiedo a tutti e due, Diego e Lia: ditemi il senso di tutta questa storia. Il senso per me".

La mattina presto, verso le sei o giù di lì, mentre ancora dormivo nel divano letto di Diego, proprio come un fulmine, è arrivato un ricordo, un'immagine precisa che si è confusa con il sogno che stavo facendo, ma non abbastanza. Un'immagine che mi ha fatto sussultare.

Mi sono alzata dal letto sudata e sono corsa a svegliare Diego nella sua camera.

«Presto, alzati, dobbiamo andare!»

Diego ha aperto un occhio e poi un altro: «Non mi dire che di nuovo non ha suonato la sveglia e siamo in ritardo per la scuola!».

«No, dobbiamo andare a casa mia, dobbiamo andarci subito!»

«Che cosa succede, Luna?» Diego ha sbirciato la sveglia e pareva piuttosto contrariato dall'ora. Le sette meno venti.

«So dov'è nascosto Pai!» dico io.

«Davvero? Dove?»

«Tempo fa scoprii un piccolo cofanetto d'avorio intarsiato nel cassettone di mamma. Era chiuso a chiave e non c'era verso di aprirlo. Chiesi che cosa ci fosse dentro e lei mi rispose 'un tesoro'. L'ho supplicata di mostrarmelo tante e tante volte, ma mi ha sempre detto 'a suo tempo'. Poi me ne sono dimenticata. È lì! Lì dentro c'è Pai».

«Davvero? Che cosa te lo fa pensare?»

«Lo so, ne sono sicura. Le dimensioni sono quelle giuste e poi quando prendevo in mano la scatolina e la agitavo per capire che cosa poteva nascondere, faceva un suono sordo» spiego. «Ma come ho fatto a non pensarci prima? Dobbiamo andare!» non stavo più in me.

«Ascolta». Diego si è seduto sul bordo del letto, un occhio aperto e uno chiuso. «Possiamo fare un salto a casa vostra per verificare, ma se il cofanetto è chiuso dovremo comunque aspettare Lia, non credi?»

«Sì, ma...»

«Non mi pare carino andare a frugare tra le sue cose quando non c'è».

«Ma intanto possiamo controllare se ci riesce di sentire qualcosa, che so... un movimento» ho buttato là.

«Lo sai che al buio dentro la sua scatola Pai non si muove, deve uscirne in ogni caso».

«Sì, però...»

«Dai, Luna, fai la brava. Mamma ti verrà a prendere alle una e mezzo. Ti prometto che ci sarò anche io, andremo insieme a casa e le chiederemo di mostrarci Pai, non credi sia la soluzione migliore?»

«E chi ci arriva alle una e mezzo? Sono troppo curiosa...»

«Ce la puoi fare».
«Davvero?»
«Sì».
«Va bene, allora».
Abbiamo fatto colazione, poi Diego mi ha accompagnato a scuola.
Non so come, sono riuscita ad arrivare all'una e mezzo senza impazzire. All'uscita eccoli là entrambi, che mi aspettavano.
"Che coppia..." ho pensato tra me guardandoli. Parevano due matti, ma anche belli assieme e soprattutto... contenti.

Eccoci a casa.
La mamma, come sempre, ha fatto la vaga, non ha risposto a una sola delle domande di cui l'ho tempestata in macchina.
La mia impazienza è cresciuta di secondo in secondo e sapevo che sarei presto diventata una furia. Diego allora mi ha sussurrato all'orecchio di stare calma, che potevamo crederle, perché l'elefante sul suo scaffale era davvero Amanda e non Lollo.
Alleluia! Almeno un mistero era risolto, per quel che significava...
Una volta arrivati a casa, mi sono precipitata in camera della mamma, e loro mi hanno seguito. Ho aperto il cassettone, ho preso il cofanetto e l'ho dato a lei, con fare deciso: «Aprilo!» ho ordinato torva.

«Non te l'ho mai fatto vedere, solo perché aspettavo ancora Peter, il tuo papà. Non volevo che Pai crescesse senza che lui lo vedesse cucciolo. Ma dato che anche tu sei cresciuta, che Peter non è più tornato e che invece abbiamo ritrovato Diego, è arrivato il momento per tutti...»

«Apri quel cavolo di coso d'avorio! Non tollero più un solo secondo di attesa né un'altra, inutile parola!»

La verità è che non mi interessava più un bel niente di questo Peter, che pretendeva di essere mio padre, di come fosse sparito tra i nativi e di quanto lei lo avesse atteso disperatamente e disperatamente amato, perché io, personalmente, avevo deciso di ripartire da quel preciso momento, da noi e da Diego.

E credevo fermamente che anche la mamma avrebbe fatto meglio a fare altrettanto.

Lei mi ha guardato tesa, poi, con gesti che mi sembravano insopportabilmente lenti, si è sfilata dal collo una catenina d'oro a cui era legata una minuscola chiave d'oro.

Incredibile: da sempre portava al collo quella catenina e quel piccolo pendaglio e io, da sempre, mi ero scordata di chiederle che cosa aprisse quella piccola chiave.

"Si può essere tanto distratti?" mi sono detta. "Forse assomiglio alla mamma più di quanto sospetti..."

Si è seduta sul lettone e davanti ai nostri occhi

curiosi e impazienti ha fatto scattare la serratura del cofanetto bianco dagli intarsi preziosi. Ha sollevato il coperchio.

Eccolo là, l'ho visto per la prima volta.

La mamma lo ha messo in piedi sulla coperta del letto bianca ricamata.

Era piccolo e bellissimo.

Era bello fin dal primo sguardo, quando pareva ancora di plastica e mi ero sciolta già di tenerezza davanti a quel cucciolo di elefante dolcissimo e simpatico.

Ma appena Pai ha sollevato la proboscide e ha barrito girando la testa nella mia direzione, per un attimo ho creduto di non reggere l'emozione, di svenire e cascare in terra, lunga distesa.

Invece mi sono seduta comoda sul letto accanto a mamma e, timorosa, ho sfiorato Pai con la punta del dito. L'elefantino ha avvolto la proboscide intorno al mio mignolo.

In verità, lo confesso, non credevo che potesse essere anche solo lontanamente possibile, così sono rimasta a bocca aperta, senza parole, proprio come era successo a Diego un mare di anni fa.

Dopo qualche istante, sicura di non sognare, ho ritrovato la mia voce, mi sono girata verso Diego e Lia e ho detto: «È incredibile… meraviglioso! Lo vedete anche voi muoversi, vero? Lo sentite?».

«Lo vediamo? Lo sentiamo?» Diego ha guardato Lia. Poi l'ha abbracciata e ho visto la mia mamma sorridere come non aveva mai sorriso.

«Mi è parso di cogliere qualcosa, una vibrazione sotto la sua pelle» ha detto Lia a Diego.

«Sì, è vero… e a me è sembrato anche di sentire un barrito… in lontananza» ha sussurrato Diego a Lia.

INDICE

Anna Lavatelli
Tito Stordito

Anna Sarfatti
Capitombolo sulla terra

Giusi Quarenghi
Io sono tu sei

Fabiana Camerin
Lilli e le streghe di Cork

Lucia Tumiati
Il mio amico invisibile

Marie-Sophie Vermot
Ma chi ti credi di essere?

Fabrizia Poluzzi
Topomostro

Mario Lodi
Il mistero del cane

Carlo A. Martigli
Duelli, castelli e gemelli

Lucia Tumiati
Vorrei volare sulla neve

Maria Loretta Giraldo
Rime per tutto l'anno

Angela Nanetti
Il segreto di Cagliostro

Luisa Mattia
Prigioniero in fuga

Kathy Ashford
Rob, il corvo e i gioielli

Stefania Fabri
Adesso che sono grande

Emanuela Nava
Ciliegie e bombe

Emanuela Nava
Coccodrilli a colazione

Lucia Tumiati
La casa in fondo al mare

Indigo
Voglio un cucciolo!

Aquilino
Ti salverò, Canaglia!

Kathy Kacer
Un posto sicuro

Angela Nanetti
La compagnia della pioggia

Paola Mingoni
La fabbrica dei topi

Chiara Rapaccini
Dammi un whisky, Samanta!

Silvia Roncaglia
Il grande sbadiglio

Elisa Prati
I pensieri nell'armadio

Christine Nöstlinger
Occhio al professore!

Lia Levi
Un garibaldino di nome Chiara

Luigi Ballerini
L'estate di Nico

Dalia B. Cohen
Uri e Sami

Giusi Quarenghi
Strega come me

Francess Lantz
Joanie il maschiaccio

Guido Sgardoli
Corri, Gummo, corri!

Emanuela Nava
Uffa, che rottura!

Brenda Woods
Il lungo viaggio di Sally

Brenda Woods
Vorrei essere libera

Maria Loretta Giraldo
Il mistero della dama

Angela Nanetti
Le memorie di Adalberto

Chiara Lossani
Sciopero in famiglia

Guido Sgardoli
Il grande libro degli Sgnuk

Marco Innocenti
La proteina dell'amore

Pieffe Montanari
Una ragazza e 11 magliette

Marie-Aude Murail
Baby-sitter blues

Bruno Tognolini
Salto nell'Ultramondo

Jean Craighead George
Io sto nei boschi

Guido Sgardoli
Kaspar, il bravo soldato

Francesco Enna
Una tragedia in rap

Luigi Ballerini
Zia Dorothy

Pieffe Montanari
Didi Spilunga

Luca Cognolato
Hanno rapito, il Grigio!

Gianfranco Liori
Come un fumetto giapponese

Luca Cognolato
Operazione N.O.N.N.O.

Elisa Prati
Lo zoo di plastica

Brenda Woods
Vorrei essere libera

Ying Chang Compestine
La rivoluzione
non è un pranzo di gala

Donatella Bindi Mondaini
Il brigante e Margherita

Susanna Tamaro
Tobia e l'angelo

Anna Lavatelli
Gastòn e la ricetta perfetta

Angela Nanetti
Il sogno di Cristina
LA PRINCIPESSA DI BELGIOIOSO

Marie-Aude Murail
Picnic al cimitero e altre stranezze
UN ROMANZO SU CHARLES DICKENS